Des trous dans la tête

CPE 1C

Suzanne Mainguy

des
trous
dans
la tête

roman

XYZ
éditeur

La publication de cet ouvrage a été rendue possible grâce à l'aide financière du ministère des Communications du Canada, du Conseil des Arts du Canada, du ministère de la Culture et des Communications du Québec et de la Société de développement des entreprises culturelles.

© XYZ éditeur
1781, rue Saint-Hubert
Montréal (Québec)
H2L 3Z1
Téléphone : 514.525.21.70
Télécopieur : 514.525.75.37

et

Suzanne Mainguy

Dépôt légal : 1er trimestre 1999
Bibliothèque nationale du Canada
Bibliothèque nationale du Québec
ISBN 2-89261-250-0

Distribution en librairie :
Dimedia inc.
539, boulevard Lebeau
Ville Saint-Laurent (Québec)
H4N 1S2
Téléphone : 514.336.39.41
Télécopieur : 514.331.39.16

Conception typographique et mise en pages : Édiscript enr.
Maquette de la couverture : Zirval Design
Illustration de la couverture : Bianka Garcia

Remerciements

Merci à Louise, à Aline, à Jacques, à Diane, à Ginette et à Monique qui habillent le mot *famille* de solidarité, d'attentions et d'affection.

Merci à Marie, à Mario, à Marc, à Réjane, à Fabienne, à Daniel, à Claire, à Dominique, à Brigitte, à Josée, à Madeleine, à Patricia, à Gino, à Chantal et à Yvon, qui colorent intimement le mot *amitié* de tendresse, de complicité et de sensibilité.

Merci à Michèle Morisset, complice des mots, avec qui il est toujours enrichissant de parler *écriture* et *lecture*.

Merci à Mme Claire Sarrazin, orthophoniste, qui m'a fait découvrir le mot *dysphasie* et m'a aidée à composer avec la réalité qu'il désigne.

Merci à Mme Françoise Dumoulin, professeure à l'Université Laval et auteure. Elle m'a donné les mots *sonorité*, *lecture* et *relecture*, *écriture* et *réécriture*, bagage inestimable. Merci de m'avoir accompagnée et soutenue tout au long de la réalisation de ce projet.

Merci à tous les Pierre-Olivier, Jessica, Andy… qui nous obligent à regarder au delà des mots.

S. M.

J'ai prêté mes mots aux enfants, ils m'ont offert leurs dessins. Les uns avaient besoin des autres pour être complets. Merci à :

Bianka Garcia, couverture
Mégan Barrette, pages 19, 111
Kevin Bélanger, pages 61, 118
Vincent Boivin, page 113
Jessica Fortin, pages 84, 103
Vincent Guérard, page 87
Dominic-Rafaël Gérin, pages 30, 47
Nicolas Lafond, page 39
Jordan Lainé-Labonté, page 91
Maxim Larouche, page 22
Anne Saint-Amand Jutras, page 93
Alexandre Tondreau, page 96

Mes plus sincères remerciements vont à Caroline Vachon, qui colore au quotidien les mots pour chacun de ces enfants. Caroline est enseignante de la classe de langage à l'école Monseigneur Robert, de la commission scolaire des Premières-Seigneuries. Merci également à Sonia Gagnon, éducatrice dans la même classe.

À ma fille Marie-Josée,
avec tous mes mots d'amour.

Tout est langage.
FRANÇOISE DOLTO

Chapitre 1

« Ah mon Dieu ! »
Lorsque ces paroles vinrent briser la tranquillité de mon univers, je sursautai. J'attendis quelques instants, il ne se passa rien. Insouciant, je continuai de flotter et de rêvasser tout en suçant mon pouce. Quelqu'un cria : « Quelle horreur ! » Je me réveillai complètement, fis un mouvement brusque et en perdis presque le souffle. Il faut dire qu'un cordon m'enserrait le cou, et ce geste rapide fit qu'il m'étouffa davantage. J'étais toujours dans le ventre de ma mère. Forcément, puisque personne ne m'avait montré comment sortir de là. Aurais-je toute ma vie besoin d'un modèle pour apprendre ? Depuis quelques instants, je ne me sentais plus à l'aise. J'étais couché à l'horizontale dans le fond de l'entonnoir. Une force incroyable me poussait vers l'ouverture. Je me doutais que ce n'était pas la position idéale pour franchir un passage aussi étroit. « Que faire ? » On ne me répondit pas. Aurais-je toujours de la difficulté à me faire

comprendre ? Le col s'ouvrit sous moi. Je sentis mon dos aspiré vers le bas. Une spatule de métal me ramassa une fesse, la remonta, me basculant et forçant mon épaule à prendre le chemin de la sortie. Je n'y étais pas encore, puisque la spatule repoussa mon épaule vers le haut. Cela eut pour effet de resserrer davantage le cordon autour de mon cou. Rapidement, je fus avalé par un typhon de gestes, de bruits et d'odeurs. Tout devint sens dessus dessous, et hors de mon con-trôle. Mais le plus à l'envers de tout, c'était moi. Je commençais ma vie à reculons : je fonçais les fesses les premières. Autour de moi, on se lançait des mots qui ne dessinaient rien sur mon écran intérieur : « oxygène », « pédiatre ». La ra-pidité des mouvements réveilla en moi la peur. Qu'allait-il se passer ? Je n'eus pas à me ques-tionner très longtemps. On inséra quelque chose dans mon nez. Je ressentis une douleur sur ma tête. Comme un caméléon, je passai du rouge au bleu puis au blanc pour être finalement avalé par le noir le plus total.

Fin ou commencement ? L'étale : le calme après la tempête. Je glissai dans le vide d'un long tunnel jusqu'à la croisée des chemins, jus-qu'au point d'interrogation : naître ou ne pas naître ?

Naître. Ne pas naître. Naître ? ou…

J'ai dû choisir la première option, car ma vie reprend son souffle. Lentement. Petit à petit.

Puis un peu plus vite. Encore plus vite. Beaucoup trop vite. Je m'époumone, je crie, je vis.
J'ai quitté le monde connu, chaud et rassurant
du ventre de ma mère pour glisser dans l'inconnu. Je me sens entre deux eaux.

•

C'est ainsi que je suis né. Enfin, tel que je l'ai
imaginé. C'est la naissance qui me convient. Je
me revois. Comme si j'y étais. J'y suis.

J'ouvre les yeux sur un spectacle auquel je
n'étais pas préparé : des bouches, tout plein de
bouches penchées sur moi. Elles s'étirent, s'ouvrent, se referment. J'ai peur ! Ces formes
arrondies veulent me manger. Elles se rapprochent, font des bruits, des sons : « … our… fin…
veillé… vo. »

« Partir ! » que je leur crie, mais elles ne comprennent pas. « Partir ! » que je leur crie encore
plus fort. Je hurle, de toute la force de mes poumons. Je ferme les yeux pour fuir l'image.
Lorsque je les ouvre de nouveau, les bouches se
sont trouvé des visages. Elles me sourient ; j'ai
moins peur. Des mains s'agitent, tâtent mon
corps. Aïe ! Leurs doigts brûlent ma peau. Je ne
veux pas qu'on me touche. « Partez, partez ! »

Une main s'attarde sur ma tête. Une sensation de brûlure traverse mon front d'un côté à
l'autre. Oh, ma tête ! Un vrai champ de bataille ;
des milliers de soldats marchant au pas la

prennent d'assaut. Mon cœur bat la chamade. Il frappe aux tempes. Des coups de canon, des explosions, ma tête est minée. Je n'ose m'y aventurer de peur qu'elle n'éclate sous mes yeux. «Qu'on mette fin à la guerre! Qu'on enlève la douleur!»

On m'a entendu. De l'intérieur de mon bras je sens monter les secours. Des millions de particules courent dans mes veines. Elles envahissent mon cerveau. Leur attaque déroute l'ennemi.

Je respire mieux. Plus lentement. Plus profondément. L'armée bat en retraite. Les soldats se retirent. Je n'ai plus mal. Une grosse bulle m'enlève et m'entraîne loin des combats.

Jusqu'au bord de la mer. Le clapotis de l'eau enchante mes oreilles. Le ballottement des vagues me berce. Je m'éloigne de plus en plus de la rive. Les bras de mer m'enveloppent, me recouvrent comme au temps où tout n'était que mer autour de moi: fœtus lové dans un ventre de mère; une mère qui berce son flot. Je coule en elle, quêtant l'écho de son radar, le bip bip rassurant de son cœur battant près du mien. Dans cette lagune, brisé de fatigue, enivré d'amour, je dors tout mon saoul.

La mer intérieure s'agite. Les vagues se creusent, se gonflent et me rejettent. La bulle est projetée hors de la mer et me ramène d'un seul bond dans ma tête. L'armée vient de redonner l'assaut; la douleur se réveille. Cette fois la bataille dure moins longtemps. Les attaques sont moins fortes. Les explosions moins nombreuses. Puis, plus rien. La guerre est finie ? Je n'en sais rien. Je n'ose bouger de peur de réveiller l'ennemi.

●

Des visages s'emboîtent les uns dans les autres, créant le casse-tête de mes journées. Ils sont à la fois semblables et différents, comme les pièces d'un puzzle.

L'un, moustache retroussée sous un gros nez, me chatouille les pieds en riant très fort. Sur sa poitrine pend une petite cloche reliée par deux tubes à ses oreilles. Il la promène sur mon ventre. Je ne peux supporter qu'il me touche. Cela ne l'empêche pas de le faire. La sensation de brûlure apparaît dès que sa main effleure ma peau. Je pleure. Il place ses doigts près de mon cou et, tout en regardant sa montre, il bouge la tête de haut en bas. J'entends des « … bien… matin… vo ». Chacune de ses visites est ponctuée des mêmes gestes et des mêmes paroles.

L'autre, deux gros yeux derrière des vitres rondes, arrive toujours en chantant. D'un mouvement rapide, des mains promènent une débarbouillette sur mon visage et mon corps. J'ai l'impression qu'elles m'arrachent la peau. Elles s'attardent sur mes joues. Aïe ! Elles appliquent de l'huile, massent en faisant de petits ronds. C'est une sensation horrible. Elles me vêtent d'une jaquette et enfin ne me touchent plus.

Parfois, plusieurs visages parlent entre eux juste au-dessus de moi. Les mains gesticulent. Pire encore, elles passent par les petits trous de mon lit et me touchent chacune leur tour. Je voudrais mourir. Cela ne les dérange nullement. Elles continuent leur blablabla comme si de rien n'était. Je ne comprends pas ce qu'on dit. Des morceaux de mots. Ils entrent par mes oreilles et s'embrouillent quelque part dans mon cerveau. Je voudrais leur dire de s'en aller. Je me démène, je gigote. Je m'arrête, intrigué… Devant moi, de drôles de bâtons, comme des baguettes de tambour, s'agitent en tout sens. Ils sont attachés à mon tronc. Plus bas, deux autres bâtons, plus longs, se plient et se déplient par le milieu. Ces bâtons sont à moi? Comment sont-ils arrivés là? Je les regarde bouger. Cela me ravit. Chacun leur tour, je les porte à ma bouche et je goûte le plaisir de les connaître. Centré sur ma découverte, j'en oublie tout le reste.

•

Chaque jour me ramène deux visages; l'un plus sympathique que l'autre. Celui d'une femme et celui d'un homme.

La femme s'annonce toujours en disant: «… Our… cé… man». Chaque fois, ses yeux

Chaque jour me ramène deux visages ;
l'un plus sympathique que l'autre.
Celui d'une femme et celui d'un homme.

comme des papillons bleus replient leurs ailes, et des larmes noient sa bouche. Je ne sais pas pourquoi ses doigts ne brûlent pas ma peau lorsqu'ils me caressent. Ils effleurent ma tête. Glissent lentement le long de mes jambes. De mes bras. Ses doigts ne résistent pas lorsque ma menotte les retient prisonniers. J'aime ses mains qui parlent douceur et chaleur. J'aimerais qu'elles me cueillent et me mettent à l'abri. La bouche de Our...cé...man parle peu. Les sons brisés meurent sur ses lèvres. Ce chant, comme une douce mélodie, erre longtemps dans la pièce lorsqu'elle part et referme la porte.

L'homme, Slu...cé...pa, est beaucoup plus grand que tous les gens que je connais. Il se tient toujours debout. Loin de ma maison de verre. Un regard sombre. Une bouche cousue, sans sourire. Les bras croisés sur sa poitrine, il marche de long en large. De temps à autre, il échappe un grand soupir, comme s'il se dégonflait.

•

Rien ne ressemble plus à une journée que celle qui suit. J'ai faim, je pleure. J'ai chaud, je pleure. On me touche, je pleure. Je pleure, je pleure, je pleure. Personne ne me comprend. Je ne comprends personne. Je ne me comprends pas moi-même. Je me sens à l'étroit dans mon propre corps. Prisonnier.

Jour après jour, je laisse la grosse bulle m'emmener un peu plus loin, un peu plus longtemps. Il n'y a que là où je sois bien.

Mais les gens s'entêtent à rompre ma quiétude. Aujourd'hui, on retire de mon nez le tube qui approvisionnait mes poumons en air. J'étouffe ! Mon cœur accélère, il court après son souffle. Il le reprend. Ma respiration se stabilise et retrouve un mouvement régulier. Enfin ! Je souffle un peu. On ne me laisse pas profiter de cette accalmie bien longtemps. On m'installe dans un nouveau lit. Des mains m'attrapent. Me tâtent. Vite, fuir ! En sécurité dans ma grosse bulle, je coule

au

    fond

      de

        moi.

En sécurité dans ma grosse bulle, je coule.

Chapitre 2

Il faudra quatre années avant qu'un événement me fasse remonter à la surface. La tête sous l'eau dans un immense bassin, je cherche mon souffle et, curieusement, le fait de manquer d'air me ramène à la vie. Des mains m'agrippent et me sortent de l'eau. Une personne soutient mon dos et mes fesses. Elle a un drôle de bonnet sur la tête. Je ris. Elle semble tellement surprise qu'un peu plus elle me laisserait tomber et je replongerais dans l'eau. Elle me soulève et me presse tout contre elle. Je me sens… étrangement bien. Mon nez fouille son cou à la recherche d'odeurs et sa peau mouillée goûte bon. Elle me serre davantage. Je n'ai pas peur. Dans mes menottes je prends son visage pour mieux l'observer. Elle se met à pleurer. Là seulement, je reconnais les papillons bleus battant des ailes au milieu des larmes. C'est Our…cé…man. Je souris. Elle sourit à son tour. Puis se met à tourner et à crier en faisant des ahhh! ahhh! ahhh! Les gens autour applaudissent. Je ne comprends pas pourquoi. En tournant et en riant. Our…cé…man s'approche du bord du bassin. Je reconnais Slu…cé…pa. Il me prend. Je hurle. Je me débats. Je ne sais pas pourquoi. Je me calme seulement lorsque Our…cé…man m'enroule dans une serviette et me reprend dans ses bras. Je refuse qu'elle me dépose par terre. Je refuse qu'on me regarde. Je serre Our…cé…man très fort. Je voudrais disparaître en elle. Elle passe sa main dans mes cheveux, me parle… Je ne comprends pas ce qu'elle dit. Ses mots parviennent à mes oreilles et se bousculent à l'entrée. Certains ne passent pas le pavillon d'accueil. Seulement quelques-uns me rejoignent et font image. Je panique. Je bouche mes oreilles avec mes mains. « Assez ! Assez ! »

Longtemps après que le calme est revenu, je cherche une explication dans ma tête. J'y vois une grande quantité de mots ; chacun est illustré et placé dans un immense carrousel. Je pense au mot « serviette ». Le mot sélectionné se place devant la lumière du projecteur et le dessin d'une serviette apparaît derrière mon front. Cela me rassure. Le mécanisme est lent, mais les mots sont là. Lorsque j'entends un mot plusieurs fois, il finit par s'insérer dans le montage.

Our…cé…man me regarde et continue de parler. Les mots sortent de sa bouche à une vitesse incroyable. Un vent de folie s'empare de ma tête lorsque le carrousel est sollicité à fond de train. Les illustrations n'apparaissent pas assez longtemps pour que je puisse les percevoir correctement. Je m'énerve, la tension augmente et je comprends encore moins. Je ne contrôle plus mon corps, et mes mains s'agitent de chaque côté de ma tête. Our…cé…man me serre davantage. Ses bras se referment sur ma peur. Je pleure. Une longue plainte vient mourir sur les lèvres de Our…cé…man pendant qu'elle me berce. Ce chant porteur de doux souvenirs me calme.

À mon tour, j'essaie de parler. Et là, c'est encore plus difficile. Je peux faire l'écho des mots que j'entends lorsqu'ils sont prononcés très lentement, l'un après l'autre. Mais les phrases, je les retourne comme je les reçois, toutes de travers. Je sais ce que je veux dire, mais je n'arrive pas à choisir les mots dont j'ai besoin pour me faire comprendre. La colère gronde en moi comme au fond d'un volcan. J'en veux à ma tête d'agir de travers. Je la frappe de mes poings. Our…cé…man empoigne mes mains, me force à mettre un frein à l'assaut. J'ouvre la bouche : aucun son. Je serre les dents, pince les lèvres et croise rageusement les bras sur ma colère. Je respire vite et souffle fort avec mon nez, tel un taureau prêt à l'attaque. Mes yeux piquent, les larmes apparaissent, mais je les rejette d'un mouvement de tête. Accroupie devant moi, Our…cé…man tend les bras. Je lui fais signe que non. Elle insiste. Sourit. Chante une berceuse en se balançant. Je ne résiste plus et cours remplir le creux de ses bras. Ses mains fouillent mes cheveux, me chatouillent le dos. J'oublie même pourquoi j'étais fâché.

Sans savoir pourquoi ni comment, je compte. Un, deux, trois… D'où me viennent tous ces chiffres ? Je ne le sais pas. Ils sortent de ma bouche comme s'ils avaient toujours fait partie de moi. Je ne peux m'arrêter. Treize, quatorze. Les chiffres me calment. Ils coulent dans mes oreilles comme une douce musique. Vingt et un. Our…cé…man me regarde la bouche grande ouverte. Je compte encore pendant qu'elle m'installe dans la voiture.

J'arrête d'un seul coup lorsque la porte de la maison s'ouvre pour nous accueillir. Je la reconnais sans la connaître réellement. Mon cœur bat rapidement. Il perçoit les choses plus vite que mes yeux. Cette maison m'aime, je le sens dans tout mon intérieur. De l'entrée j'aperçois deux gros fauteuils rayés, côte à côte devant la télévision. Une fenêtre s'étire derrière ses rideaux. Dans cette pièce aux couleurs de l'aurore, l'épisode de la serviette n'est plus qu'un mauvais souvenir. Dans la pièce, de l'autre côté, une table ovale et quatre chaises attendent l'heure du repas. Il y a tant de chaleur, je sens mon cœur fondre. Je me réapproprie chacune des pièces de la maison. Je glisse ma tête par une porte entrouverte. C'est ma chambre. Our…cé…man vide mon sac de natation. Elle rassemble les vêtements et les porte à la salle de bains.

Je m'avance vers la bibliothèque. Que de livres! Je passe les doigts sur chacun d'eux. Il me semble les connaître par cœur. Je les regarde l'un après l'autre. Les images me présentent un monde fascinant: les animaux peuvent s'habiller, les éléphants savent voler, des tamanoirs attrapent la varicelle, des chiens portent des lunettes. Ça doit être fantastique de vivre dans un monde de dessins. J'aimerais découvrir ce que pensent les personnages figés dans les images. N'ont-ils jamais envie de bouger? Je parlerais oiseau, chien, hibou. Au gré de ma fantaisie je redistribuerais les rôles; je créerais de nouvelles aventures. Les livres n'auraient de limites que celles de mon imagination.

Our…cé…man me rejoint. Elle s'installe dans la chaise berçante. Me prend sur ses genoux. Mon dos et ma tête épousent son ventre et ses seins. Elle sort d'un « sac cadeau », comme elle l'appelle, un livre neuf que je dévore des yeux. Je ne comprends pas ce que Our…cé…man raconte, mais dans ma tête j'imagine toute une histoire de soulier trop petit et de pieds trop grands. Je sursaute lorsque Our…cé…man referme le livre et qu'elle me redépose par terre. C'est déjà terminé. J'ai encore la tête pleine d'idées.

Je me réinstalle au creux des bras enveloppants de la chaise berçante.

Bien blotti au fond du siège, je laisse mes yeux redécouvrir le monde extérieur. De l'autre côté de la rue, une maison blanche me salue. Un arbre magnifique la domine de toute sa tête. Elle semble heureuse, cette maison, d'être si bien entourée. Beaucoup de gens viennent la saluer. On entre et on sort sans arrêt par sa porte grande ouverte. Des enfants s'amusent parmi les fleurs. Ils courent les papillons.

Lorsque la noirceur a tout bu au dehors, la maison prend vie par l'intérieur. Les pièces s'éclairent et rassemblent les gens. Puis les fenêtres une à une clignent de l'œil, la porte bâille une dernière fois et se referme sur ses trésors. Fatigué, moi aussi je m'endors.

●

Les événements me prennent par surprise. Ils me devancent toujours d'un pas. Je suis sur mes gardes. J'ai toujours peur. Je ne sais jamais ce qui va m'arriver même si Our...cé...man essaie de m'expliquer. Comme en ce moment. On me fait rentrer dans un long tuyau. On m'attache. On m'injecte un colorant dans le bras et on me laisse là. On me couche sous des appareils énormes qui se promènent au-dessus de ma tête. On place un lourd tapis sur mon ventre. Que je pleure, que je hurle, cela ne change rien; alors je compte. Je dis les chiffres très fort pour enterrer le bruit des machines. Mais aujourd'hui, ça ne chasse pas la peur qui me gagne morceau par morceau. Mes pieds et mes mains tremblent sans que je puisse les contrôler. J'ouvre la bouche, aucun cri ne sort. Je ferme les yeux à la recherche d'une image rassurante. Et c'est là que je le vois pour la première fois: UN ÉNORME TRAIN de vingt wagons tirés par une locomotive rouge. Il traverse ma tête. Interminable défilé! Un train d'enfer! Impuissant, je le regarde passer. Derrière les fenêtres du train j'aperçois des gens. Certains, peut-être des bandits, portent des masques sur leur bouche. D'autres, comme des pirates, sont coiffés d'un foulard noué par-derrière. Tous courent à contre-courant comme s'ils cherchaient la sortie vers l'arrière. Le bruit est infernal: le grincement des roues sur les rails d'acier, les cris des gens affolés, la sirène stridente annonçant le danger. Et moi, paniqué, pâle comme un drap, je suis mort... de peur. Lentement, le dernier wagon quitte ma tête. J'aperçois la lumière. Je voudrais fuir!

Je souhaite que la bulle vienne me chercher. J'espère cette évasion de toutes mes forces. Fuir! Je respire vite. Trop vite. Tout s'embrouille, puis... je me retrouve bien vivant, au beau milieu de la page 8 d'un livre de conte.

D'un œil d'expert, je repère d'emblée l'image. En haut de la page, six chevaux

Un train d'enfer ! Impuissant, je le regarde passer.

piaffent, impatients de continuer leur chemin. Le cocher, dignement assis à l'avant du carrosse, les retient tant bien que mal. Près de moi, un chat pose, avec un air emprunté à je ne sais quel mousquetaire ; à qui, du reste, il a dû soustraire chapeau, gants et bottes. Il incline précieusement la tête, roulant son chapeau en faisant de grandes volutes devant lui. Le roi, sous le poids de sa couronne sans doute, ne montre que la tête par la fenêtre de la voiture. J'ai vu cette page des centaines de fois auparavant. Je n'ai jamais compris pourquoi ces deux personnages continuent la conversation pendant qu'un homme se noie tranquillement sous leurs yeux. Ils ne semblent ni ahuris, ni inquiets. Ils placotent, tout simplement, comme deux copains qui en ont l'habitude. Je crois les entendre se dire :

— Bonjour, Votre Majesté. Pourquoi portez-vous cette lourde couronne par un matin aussi chaud ? Prenez plutôt mon chapeau, il est beaucoup plus léger.

— J'accepterais volontiers, mais un roi ne se sépare jamais de sa couronne. Qui le reconnaîtrait sans son déguisement ?

Le monarque ne semble nullement surpris qu'un chat lui adresse la parole. Ma présence ne le dérange guère davantage. Je n'hésite qu'un instant. Je saute à l'eau. Moi, qui n'ai jamais su, voilà que je nage vers le jeune homme pour lui porter secours. À bout de souffle, je le rejoins enfin. Sur son visage se dessinent les traits de Slu…cé…pa. Il se met debout, géant dans la mer. Me prend dans ses bras et me ramène sur le rivage.

À mon réveil, je suis assis sur Our… cé…man et elle caresse mes cheveux Il fait noir dehors. Encore plus au dedans de moi, surtout dans ma tête. Que s'est-il passé? Je n'ai qu'un vague souvenir d'un train que je devais fuir à tout prix.

Chapitre 3

Le soleil ne s'est pas levé ; il paresse sous une couverture nuageuse. Je l'envie de dormir encore. J'en ferais tout autant, mais c'est impossible : une valise repose bouche grande ouverte sur mon édredon. Elle avale mes vêtements, mes jouets, mes chaussures. Quel appétit vorace ! Une véritable ogresse ! J'ai peur qu'elle m'attrape moi aussi. Je tremble. Un, deux, trois.

De ma chaise berçante, je regarde Our... cé...man dresser le monstre. Après l'avoir bien nourri, elle ferme sa gueule en rabattant la mâchoire du haut sur celle du bas, puis, en vainqueur, elle s'assoit dessus.

Je ne sais pas ce qui se mijote, mais ça ne sent rien de bon. Rien n'est comme d'habitude. Our...cé...man n'a pas son « sac cadeau » rempli de belles images et je suis encore en pyjama.

Quatorze, quinze, seize. Enfin ! Elle s'occupe de moi. M'enfile un pantalon et un chandail. M'assoit près de la grosse valise qui, les joues gonflées, semble prête à vomir son repas.

Trente-huit, trente-neuf. Les lacets de mes souliers sont noués, de même que ma gorge. Je suis seul dans la chambre avec Our...cé...man et mon énorme malle. Slu...cé...pa entre. Attrape la valise. Disparaît aussitôt. Sans rien dire, Our...cé...man me prend par la main. Soixante-douze. Je tire sur sa manche. Elle me traîne dehors.

L'air, à l'extérieur, me surprend. Une légère bruine tombe sur mes épaules. Je n'ai plus envie de compter, j'ai envie de courir. J'enlève mes souliers, mes bas et je m'élance sur le tapis vert. L'herbe moelleuse caresse mes pieds. Des dizaines de brins se faufilent entre mes orteils. Je veux goûter cette douceur sur tout mon corps. Mais Our...cé...man me rejoint. Elle ne veut pas s'amuser avec moi. D'un geste impatient elle me remet mes chaussures. M'entraîne vers l'automobile. Je suis assis à l'arrière, attaché. Je déteste me sentir ficelé comme un saucisson. Des souvenirs désagréables reviennent à ma mémoire. J'ai peur.

Un, deux, trois, quatre. Slu...cé...pa est au volant. Sept, huit. Je perds le contrôle de mes mains qui bougent sans arrêt de chaque côté de ma tête. Écrasé au fond de la banquette, je sens venir la grosse locomotive rouge et je crie. Le train passe derrière mes yeux. Les wagons poussent les uns sur les autres. Les maisons qu'ils transportent se suivent de plus en plus rapidement. Les images se pressent et se déforment sous l'effet de la vitesse. Bientôt, je ne vois plus que des poteaux électriques qui se poursuivent et ne s'attrapent jamais. Je suis épuisé. Fuir ! Vite fuir dans ma tête. Je ferme les yeux.

Je me retrouve aussitôt devant une maison de brique. Un loup se tient près de la porte. Bizarrement, je n'ai pas peur. Ce loup maigrelet n'est pas très futé. Il souffle comme un fou sur la porte. Qu'il est bête ! En m'approchant de lui, j'ai soudain une impression de déjà-vu. Où donc ai-je aperçu cette gueule dégoûtante qui retient avec peine sa langue ? Ce loup à bout de souffle. J'ai trouvé ! C'est à la page 25 d'un livre d'images ! Je ne sais pas ce que veut ce loup. Je lui demande :

— … ou… veu ?

— … ent… an… zon.

Incroyable, j'ai compris ! Il veut entrer dans la maison. Je crie de joie. Le loup me regarde de ses grands yeux noirs et pose sa patte velue sur mon épaule. Je sursaute.

La voiture est arrêtée. Je suis debout près de l'auto. Our…cé…man, la main sur mon épaule, indique du doigt notre maison. Nous sommes revenus chez nous ? Je ne sais pas où nous sommes allés. Confus, je me laisse tomber par terre. Je ramasse mes jambes tout contre mon ventre. Je me balance. La tête sur les genoux, je pleure sur moi.

Je sens sur ma main une langue râpeuse. J'ouvre les yeux et j'aperçois une boule de poils tout frisés. Je tends mes mains remplies de larmes et Boule de poils les lèche. En un clin d'œil, ma tête se remet à sourire. Il est si petit! Il se laisse prendre, se couche sur mes genoux. Son poil est soyeux, attirant. Je le flatte. Dès que j'arrête, sa tête revient chercher mes caresses. Sans me demander d'où il vient, je le prends dans mes bras et l'emporte à la maison. Je m'amuse avec lui très longtemps. Puis, son souffle régulier trouve mon sommeil. Nous respirons à l'unisson, endormis.

C'est lui qui a bougé le premier. Les oreilles aux aguets, il a perçu les pas de Our…cé…man. Il saute, heureux. Sa joie me gagne. Our…cé… man nous entraîne tous les deux dans la salle à manger. Une bougie repose au centre de la table. La flamme donne vie aux objets, laissant la nuit boire le reste de la pièce. J'ai faim, ça sent bon.

Je m'assois. Slu…cé…pa apparaît encore plus grand dans l'encadrement de la porte. Il a un regard sévère. Je ne comprends pas. D'un pas lourd, décidé, il s'approche de la table. Souffle la bougie. Tourne le commutateur. Mes yeux se ferment sous le coup de l'éblouissement et de la surprise. J'entends la voix de Our…cé…man interroger celle de Slu…cé…pa. Les mots rebondissent d'une bouche à l'autre avec de plus en plus de force. Slu…cé…pa tape du poing sur la table, puis nous quitte sans même avoir pris son repas. Les larmes coulent sur les joues de Our…cé…man. Je n'aime pas la voir pleurer. On dirait que mes yeux chauffent aussi. Je me lève, m'assois sur ses genoux. Comme elle l'a fait pour moi des centaines de fois, je prends sa figure dans mes mains. Je bois sa peine. Elle me serre dans ses bras. Je sais qu'elle m'aime. Je l'aime aussi. Je me sens si bien près d'elle! Derrière ses yeux remplis de tristesse, des trains passent-ils sans prévenir? Comment lui demander? Comment nous comprendre, elle et moi? Je n'en sais rien. Lorsque j'ai du chagrin, elle me raconte une histoire. Pour la consoler, je cours choisir un livre. Elle semble surprise. Ses bras s'ouvrent. M'entourent. Je me colle contre son cœur.

Mes yeux ne se fixent pas sur le livre. Ils se promènent des images à la conteuse. Elle est si belle! Ses cheveux dansent autour de son visage. Je n'avais pas remarqué, ils sont de la même couleur que les miens. Mes doigts jouent avec les boucles. Elle prend mon menton entre ses mains. M'embrasse sur les deux joues. Elle m'emmène dans sa chambre, m'installe sur son lit. Un géant pourrait y dormir. Puis elle me rejoint, un album de photos dans les mains. À la première page, je vois Our…cé…man tout habillée en blanc, un voile sur la tête. À côté, tout en noir, il me semble reconnaître Slu… cé…pa. J'ai le cœur serré au souvenir des yeux fâchés et du coup de poing sur la table.

Our…cé…man attire mon attention sur une autre photo. C'est encore elle, mais cette fois-ci elle cache un ballon sous un long chandail. Elle me montre le gros ventre, puis pointe son index sur ma poitrine en disant « toi ». Elle recommence plusieurs fois.

Ça y est, j'ai compris. Je m'appelle « toi » et je viens de cet énorme ballon. Je touche la photo puis ma poitrine en disant « toi »… Our…cé…man acquiesce de la tête. Elle prend ma main, touche sa poitrine et dit « maman » plusieurs fois. Le mot « maman » trouve son écho en moi et résonne tout contre mon cœur. Je dépose ma main sur son sein et répète « maman ». Je touche mon cœur en disant « toi ». Je sens ses larmes mouiller mes cheveux. « Toi Maman Toi Maman. » Je répète ces mots sans arrêt en promenant ma main d'une poitrine à l'autre. Ce mouvement d'aller-retour trace un pont entre elle et moi.

Mon ventre grogne, me rappelant ma faim. Nous nous retrouvons assis l'un en face de l'autre, savourant notre poulet. Rien ne m'a jamais paru aussi bon. C'est comme un jour de fête avec un gros gâteau. Les patates, les petits pois, tout a un goût délicieux.

Slu…cé…pa n'est toujours pas rentré lorsque je prends mon bain. Il n'est pas là non plus quand je me mets au lit. Maman — c'est un nom merveilleux — me borde tendrement. Elle dépose Boule de poils à mes pieds. Le petit

Ce mouvement d'aller-retour
trace un pont entre elle et moi.

chien ne reste pas là longtemps ; sitôt la lumière fermée, il monte se blottir dans mon cou.

Le soleil s'est réveillé avant moi. Ses rayons se faufilent à travers les lamelles des stores vénitiens. Ils me chatouillent la joue. Je sors de mon lit. Maman n'est pas à la cuisine, ni dans sa chambre. J'ouvre une porte, et un grand mur couleur de ciel me salue et m'offre sa fenêtre aux rideaux de dentelle. Maman est là, dans la lumière du jour. Elle m'aperçoit, me prend sur ses genoux. Je lui fais un gros câlin. Sur la table devant nous, elle fait apparaître la couleur sur des dessins. Au fur et à mesure, une histoire s'invente : un petit enfant tire un sapin avec son traîneau. Un bonhomme au nez de carotte rit, la bouche fendue jusqu'aux oreilles. Les montagnes se couchent dans la neige. Des petits traits noircissent le bas de la page comme dans mes livres de conte.

Maman approche une chaise, installe un papier. Elle prend ma main dans la sienne. Ensemble, nous traçons une fourmi. Comment ce dessin est-il apparu ? J'interroge le crayon. Pas de réponse. Je le dépose sur la table. Je le roule sans pouvoir m'arrêter. Ce mouvement m'hypnotise. J'ai besoin de le répéter encore et encore. La magicienne immobilise doucement ma main. Elle replace le crayon. Je tiens la pointe debout sur la feuille. Ma main bouge. La couleur apparaît et suit mes déplacements. De plus en plus rapidement, je remplis la feuille. J'essaie toutes les couleurs.

Slu…cé…pa entre dans la pièce, s'approche de nous. Fier, je lui tends mon dessin. Il le regarde à peine. Il hausse les épaules. Je lui montre à nouveau. Il s'impatiente, lance le papier. Maman se lève d'un bond. Elle parle d'abord doucement, puis sa voix monte. Celle de Slu…cé…pa essaie de la couvrir. Ils crient à présent. Pourquoi sont-ils fâchés? Pris de panique, je me cache dans un coin, sur le sol. Me bouche les oreilles. Mes mains s'agitent. Je perds le contrôle! Je vois arriver la grosse loco-motive rouge; elle roule à fond de train. Je frappe ma tête contre le mur pour la faire sortir. Mais le train continue son chemin. Dans les wagons, des adultes se lancent des boules de papier en criant à pleins poumons. Une véri-table tempête! Ma tête est enneigée comme ces boules de verre remplies de liquide et de flocons que l'on secoue. Fuir!

La neige retombe tranquillement. Je m'as-sois sur un flocon et le vent me soulève. Il m'entraîne dans une rue décorée de sapins et de lumières. Des enfants s'attardent devant les vitrines des magasins de jouets. Un drôle de bonhomme à la barbe blanche et au bonnet rouge agite une clochette, et son gros ventre bouge. Il tend la main pour recueillir des pièces de métal. Il les dépose dans un long bas de laine. Pas très loin de lui, une petite fille pleure.

Elle gratte des allumettes. Elle semble avoir très froid. Je voudrais la réchauffer. Je m'approche. Un camion fonce à folle allure sur nous. De toute la puissance de ma voix, je crie «non». L'image disparaît.

J'ouvre les yeux, maman est devant moi et me tend les bras. Il n'y a plus de neige, plus de petite fille aux allumettes, il n'y a que moi grelottant dans les bras de maman. Elle me réchauffe en me berçant.

●

Plusieurs questions restent sans réponse. Pourquoi Slu...cé...pa et maman sont-ils capables de parler et pourquoi pas moi? Qu'est-ce qui ne va pas dans ma tête? Pourquoi des trains y passent-ils sans arrêt? Pourquoi ai-je toujours peur?

●

Chaque fois que le soleil se lève, je retrouve maman installée à sa table à dessin. Les feuilles s'empilent et deviennent des livres. Elle passe beaucoup de temps à créer des personnages et à les faire vivre dans la couleur. Slu...cé...pa quitte la maison après avoir pris son déjeuner et ne rentre que tard dans la nuit. Je me retrouve souvent seul. J'ai besoin de refaire toujours les mêmes gestes: faire rouler ma petite voiture dans un mouvement de va-et-vient. Observer pendant des heures les hélices du ventilateur qui tournent au-dessus de ma tête. Rester très longtemps debout près de la fenêtre à regarder le jardin. Me balancer sur un pied puis sur l'autre en agitant les mains. Ces gestes me rassurent.

La sonnerie de la porte me fait sursauter. Un homme que je n'avais jamais vu entre et serre la main de maman. Ils s'assoient dans les grands fauteuils rayés. Ils se parlent. Très souvent, ils tournent leur regard vers moi. Le monsieur me fait signe d'approcher. Il place des cubes devant lui. Trois sur la rangée du bas, deux au milieu et un en haut. Il défait la construction, et ses mains m'invitent à la refaire. C'est très facile, je réussis du premier coup. On s'amuse bien. Les jeux deviennent de plus en plus compliqués. Il me montre des dessins. Il touche un carton rouge, m'indique du doigt un camion rouge, un gilet rouge. Il n'utilise pas les autres couleurs. Je refais le trajet de son doigt. Il semble content, maman aussi. Ils parlent entre eux, puis m'oublient. Parfois, les yeux de maman interrogent ceux du monsieur. Des rides creusent son front. Le bavardage du monsieur la rassure, car elle acquiesce de la tête. Slu…cé…pa entre et je recule près de la fenêtre. Pourquoi rentre-t-il tôt ce soir et pourquoi semble-t-il fâché?

Malgré son air maussade, Slu…cé…pa mange avec nous. Il parle avec maman. Il évite de me regarder. Je me sens mal à l'aise près de lui. Je m'énerve. Deviens maladroit. J'échappe ma cuillère remplie de soupe. Maman se lève aussitôt et vient réparer la maladresse. Elle passe sa main dans mes cheveux. Les yeux de Slu…cé…pa lancent des éclairs et, pendant un instant, je crois voir sa bouche cracher du feu. Je glisse mes mains sous mes genoux pour les empêcher de trembler. Il ne comprend pas que l'énervement me fait perdre le contrôle. Je n'ai plus faim, tout à coup. Je boude la nourriture. Le dragon me montre la porte et me fait signe de sortir. J'obéis et cours me cacher dans l'atelier de maman. Je saisis un crayon. Je trace la tempête qu'il y a en moi. Des tourbillons de lignes noircissent la feuille et débordent du papier. Je continue de barbouiller la table. Je m'y couche, les spirales m'avalent. Je m'endors.

Je ne sais pas que je ne reverrai plus Slu… cé…pa.

Au matin, maman vient me réveiller. Sur la chaise près du lit, un pantalon et un chandail neufs attendent d'être enfilés. Elle me fait signe de les mettre. Que se passe-t-il ? La journée ne débute jamais de cette façon. Ne commence-t-on pas par le déjeuner ? Pourquoi faut-il mettre ces vêtements ? Je veux contester, mais les gestes fermes de maman me laissent entendre qu'il n'y a pas d'autre choix. À contrecœur, je m'habille. Dans la cuisine, l'odeur du gruau me remet de bonne humeur. Je mange avec appétit. Je m'aperçois tout à coup que maman ne porte pas son sarrau. Elle a mis une jupe et un chemisier. De nouveau, je ne me sens pas bien. Ce sentiment de mal-être me poursuit lorsqu'elle prend son manteau et le mien. Lorsque je sors me promener avec maman, j'ai toujours peur au début. Au bout d'un moment, je suis rassuré. À pied, je reconnais les maisons et les rues. Mais en voiture, je suis inquiet. Je ne me sens pas en sécurité. Maman fouille dans son sac à main, elle sort son trousseau de clés. Je n'aime pas ça. On se dirige vers la voiture. Ah non! Elle m'attache. Je fais de gros efforts pour contrôler ma peur. Un, deux, trois. Le sourire de maman se veut chaleureux, je suis quand même transi de froid. Quatre, cinq, six, sept. Nos yeux se croisent dans le rétroviseur. Maman reconnaît ma peur. Elle descend de la voiture et me détache. Nous partons à pied.

Dès que l'on brise une routine, je prends peur. Nous marchons sur le chemin du parc. Je suis rassuré. Que se passe-t-il? Nous changeons de direction. Je ne connais pas l'endroit où nous sommes à présent. Un, deux, trois, quatre. Où allons-nous? Huit, neuf. Je tremble. Maman presse ma main. Elle se place devant moi. Me parle. Mais je n'entends plus que les chiffres qui rebondissent dans ma tête. Vingt-huit, vingt-neuf, et je compte de plus en plus fort. Les passants me regardent. Maman dit « chut » en plaçant son doigt devant ma bouche. Je ne peux plus m'arrêter. Soixante-cinq, nous gravissons l'escalier d'une grosse bâtisse. De mauvais souvenirs reviennent dans ma tête. Quatre-vingt-huit. La porte s'ouvre. Des enfants courent dans tous les sens. Une dame avec une longue chevelure brune se penche vers moi. Mes mains quittent celles de maman et s'agitent. J'entends approcher le bruit infernal des roues d'acier frottant sur les rails. Les chiffres ne viennent plus assez rapidement pour chasser la grosse locomotive qui fonce à toute vapeur. Elle arrive. Elle transporte des enfants. Certains font de la peinture, d'autres construisent des châteaux avec des cubes, d'autres, encore, promènent des poupées ou font des dessins. Le train déroule son long cortège d'enfants souriants et de jeux. Ils s'amusent, rient, chantent et m'envoient la main. Dans le dernier wagon, une dame montre aux enfants les images d'un livre. Je reconnais l'éléphant volant avec ses grandes oreilles. Certains trains font-ils moins peur que d'autres ? Je ne cherche pas à le savoir. Je veux fuir. Je me mets en boule.

Maman ouvre les bras. Mes mains tremblantes agrippent son cou et elle me soulève. La dame à la longue chevelure est encore là. Elle passe sa main dans mon dos. Nous repartons, défaisant notre chemin. Ma tête est vide ; sans train ni chiffre.

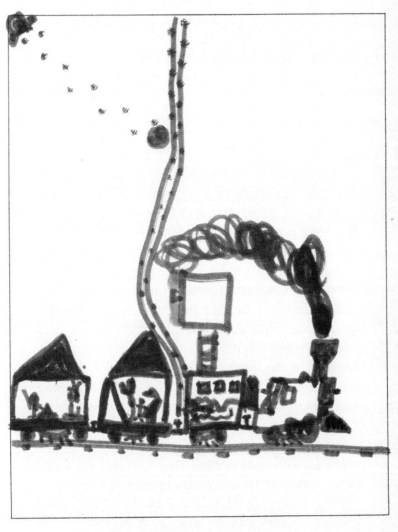

Le train déroule son long cortège
d'enfants souriants et de jeux.

À la maison, Boule de poils nous accueille. Il tourne en rond et court après sa queue. Il se faufile entre mes jambes. Je danse pour ne pas l'écraser. Je suis heureux de le revoir. Je le soulève et le serre tout contre mon cœur. Il est mon ami.

•

Chaque matin tricote la même routine. Je me sens en sécurité dans ces mailles serrées. D'abord, le soleil chasse l'étoile au pied de mon lit. Il n'y a que les jours sombres où elle résiste un peu plus longtemps. La senteur du gruau réveille mon nez qui sonne le clairon, rassurant du coup l'estomac. L'eau coule dans la salle de bains. Ce bruit de mer prolonge mon bien-être avant que ma tête commande l'expédition. Mes vêtements bâillent, attendant d'être animés. Maman a de drôles d'habitudes. Elle dessine ses yeux, barbouille ses joues. Elle embrasse son mouchoir et il garde son baiser. La porte de la maison se referme derrière nous. La longue promenade nous mène toujours à la « garde riz ». Je sais maintenant que cet endroit s'appelle ainsi, la dame aux cheveux longs me le répète souvent. Mais quel riz peut-elle bien garder ? C'est plutôt une gare d'enfants. Ils habitent dans des trains. Dorment dans des wagons. Parfois la porte du train s'ouvre et la dame aux histoires en descend. Elle s'approche de moi, me montre les images d'un livre, puis remonte à bord. Je crois que j'ai moins peur, mais jamais je n'accepte de monter avec elle. Si l'énorme bouche d'acier m'avalait moi aussi ? Je deviendrais comme ces enfants prisonniers du train ? Je me retourne pour chercher le réconfort de maman. Elle n'est pas là. Maman ! Je la cherche. Regarde partout. Elle n'est pas là. J'ai peur. Je me mets en boule. Fuir !

Devant moi, une forêt se dessine à perte de vue. Arrivant de je ne sais où, trois ours avancent à la queue leu leu. Ils se déplacent aisément, debout sur leurs pattes de derrière.

Le plus petit vient devant. Un papillon s'est posé sur son museau. Ses pattes malhabiles battent l'air et sa langue s'étire pour attraper le visiteur. Il se concentre sur l'intrus et passe devant moi sans me voir. Son visage sympathique me rappelle mon ourson de peluche.

À quelques pas derrière lui, l'ours moyen promène son ventre rebondi sous un tablier à pois. Je l'imagine facilement devant un four rempli de tartes au sucre. Il regarde le bébé et rit de ses prouesses. Il me rappelle Our…cé…man.

Fier comme un coq, le plus gros des trois ferme la marche. Une pipe au coin de la bouche, un chapeau sur la tête, il jette un regard suffisant sur tout le paysage. Je crois voir Slu…cé…pa. Et, soudain, j'ai peur. Je me sens perdu. Égaré. Étranger dans ma propre tête.

Chapitre 4

L e soleil chauffe ma peau et pourtant mes genoux grelottent. Ils frappent l'un contre l'autre dans un bruit de castagnettes, mais je n'ai aucune envie de danser. Blotti contre maman, je tremble. Elle presse ma main dans la sienne et le jus de nos doigts descend jusqu'à mon poignet. Ma main pleure, elle ne veut pas quitter la sienne.

Debout sur le trottoir, je me retourne pour vérifier si la maison est toujours là. À chaque essai, le sac à dos bloque ma vue et me fait revenir vers l'avant. Ce jeu de cache-cache m'amuse un temps, puis je m'en lasse. L'inquiétude revient. Alors, je compte et maman parle. Des mots. Toujours des mots qui ne s'accrochent à rien. Ils tourbillonnent dans ma tête sans se faire une idée. «Aller maternelle», qu'est-ce que ça veut dire? «Aller maternelle»? Je répète à voix haute, pour forcer les mots à se donner un sens. Maman acquiesce. Elle me caresse la joue et continue de parler.

J'oblige mes yeux à redoubler d'attention puisque mes oreilles ne saisissent pas correctement les messages. En bons observateurs, ils remarquent la culotte et les souliers neufs, le sac à dos, le gel dans les cheveux, le sarrau de maman. On attend, plantés comme des piquets, au bord de la rue. Il devient évident que je vais quelque part et qu'elle reste à la maison. Ces conclusions ne me plaisent pas du tout. Je tire sur sa manche. Elle s'accroupit et me regarde. Dans un baragouin incroyable, je lui fais part de mes angoisses, de mon incompréhension et de mon désir de rentrer à la maison. Elle fronce les sourcils, plisse le nez. Alors je dis « aller maternelle » en souhaitant de toutes mes forces que cette formule me ramène à la maison. Maman sourit, m'embrasse et se relève. Mais nous restons là.

Je pleure de rage et frappe du pied. Ne me comprendra-t-on jamais ? Quel mauvais sort transforme en jargon les mots prononcés correctement dans ma tête ? Quel abominable génie s'empare de mes oreilles et brouille les messages ? Je me lance par terre en entraînant maman avec moi. Je vois à sa façon de me relever qu'elle n'est pas contente. Je ne le suis pas non plus. Elle essuie mes larmes et tourne ma tête vers le bout de la rue. Un autobus jaune avance très lentement. Ralentit. S'arrête juste devant moi. La porte s'ouvre. Maman parle au chauffeur. Il cache sa grosse bedaine sous le volant. En moins de deux, je me retrouve assis sur le premier siège. Terrifié. Mon cœur bat très vite, il veut sortir de ma poitrine. Par la fenêtre, je vois maman qui me salue de la main. Me lever ? La rejoindre ? J'en suis incapable. La vitre retient prisonniers mon front et mon nez. Ma vue s'embrouille et l'image de la maison se dissout dans mes larmes. La porte se referme. L'autobus m'a avalé.

La panique s'empare de moi. Je ne sais plus à quoi m'accrocher. Des roues grincent. Le danger approche. Fuir avant que le train arrive ! Je me cogne la tête contre la vitre et tape sur mes cuisses. Partir. Aller n'importe où. Quitter cet enfer. Je tape de plus en plus fort.

Le bruit quitte ma tête. Les images s'installent tranquillement. De grosses vis marquent les articulations de mes jambes et de mes bras. Je ne suis pas surpris de voir que tout mon corps est en bois. Que mon nez pousse à vue d'œil. Il me faut compter jusqu'à cent avant de comprendre que je suis dans le ventre d'une baleine et, curieusement, je n'ai pas peur. Le radeau sur lequel je suis assis glisse en un mouvement de va-et-vient. Je trouve rassurant le clapotis de l'eau contre les pièces de bois. Les rayons du soleil se faufilent par l'orifice sur le dos de la baleine. Ils éclatent en milliers de sourires sur les côtes du mammifère qui se tortille sous les chatouilles. Sa bonne humeur est contagieuse et je ris avec lui. La vie est simple dans le ventre du géant. Bercé par le chant de la baleine, je m'endors bien au chaud.

Une cloche tinte au loin. Une sirène de bateau ? Peut-être. Je garde les yeux fermés. Dormir encore. Je suis si bien. De nouveau le bruit retentit. La baleine sursaute. Elle a un haut-le-cœur et me rejette. Lorsque j'ouvre les yeux, je suis toujours dans l'autobus, le nez collé contre la vitre.

J'aperçois des centaines d'enfants qui se promènent. Derrière eux se dessine, sur deux étages, un édifice à douze fenêtres. On dirait une construction géante de blocs Lego. La sirène se fait entendre encore une fois. Les enfants accourent et se placent deux à deux en longues files. Des portes s'ouvrent, avalent les petits et se referment derrière eux. En quelques minutes seulement, des centaines d'enfants se retrouvent prisonniers. Deux adultes avancent vers l'autobus. Ils parlent au chauffeur et tout se met à bouger autour de moi. Les enfants s'agglutinent dans l'allée. Un véritable embouteillage ! Les portes de l'autobus s'ouvrent dans un « puich » terrible, ce qui fait sauter le bouchon d'enfants. Je profite de la cohue grouillante et me cache sous le siège. Un, deux, trois… quarante. Le silence revient. Je roule sur le côté pour décoincer mon sac et j'aperçois au bout de l'allée des chaussures noires qui regardent vers l'arrière de l'autobus. Elles appartiennent au chauffeur. On dirait qu'il exécute un pas de deux pour chauffeur et balai : reculer, une belle révérence, glisser les bras sur le côté, enfiler le balai sous le siège. Deux autres pas à reculons, une nouvelle révérence, glisser les bras de l'autre côté, le balai sous l'autre siège. Il chante en dansant. Chaque coup de talon le rapproche de moi. Je me fais plus petit. La chanson s'interrompt brusquement lorsque le balai touche mes fesses. Et là, je ne sais qui, du balai, du chauffeur ou de moi, est le plus étonné. La surprise est telle que nous nous retrouvons tous les trois sur le plancher, la grosse bedaine du chauffeur coincée entre les sièges. Dans un visage rouge de confusion, deux billes noires s'écarquillent et une bouche ronde bloquée entre deux joues laisse échapper un rire nerveux. Le ventre monte et redescend à chaque secousse. Moi, je ne sais pas si je dois rire ou pleurer. Avec des efforts monstrueux et bruyants, le chauffeur dégage son énorme ballon qui obstruait l'allée. Parmi tous les mots qu'il me lance à la figure, j'entends « aller maternelle » et, sans trop savoir pourquoi, je répète « aller maternelle ».

Il m'entraîne vers le vaste immeuble. Sa poigne est ferme et ne laisse aucun doute sur son intention de me livrer à l'avaleur d'enfants. À mesure que nous avançons, il souffle entre ses dents comme s'il se dégonflait à chaque pas. Les portes se rapprochent dangereusement. Un, deux, trois, quatre. Je tente de dégager ma main. Le géant la retient solidement. Cinq, six. Je n'ai plus aucune chance. La porte s'ouvre et se referme. Dix.

«Bonjour», dit une dame en se penchant vers moi. L'endroit ressemble à une ruche. Avec son doigt, la reine indique une alvéole et me pousse à l'intérieur. Une autre adulte s'approche de moi. Des dizaines d'enfants se collent contre elle. Le bourdonnement m'énerve. J'étouffe. M'accroupis. Agite les mains de chaque côté de ma tête. D'une voix forte et dans un grand mouvement circulaire, la dame disperse les abeilles. Obéissante, chacune d'elles recule un peu. Elle veut ensuite me débarrasser de mon sac, mais je refuse. Elle soupire, lève les bras en l'air et d'une voix puissante rassemble tous les enfants. Dix-sept, dix-huit, dix-neuf enfants s'assoient en cercle, les jambes croisées devant eux. Ils me regardent, les yeux remplis de questions. Je suis le seul à rester debout, serrant très fort mon sac contre moi. Une main presse mon épaule et me force à m'asseoir. La dame se lance dans un long blablabla, gesticule, se promène, montre des jouets. De temps à autre elle agite un doigt, fronce les sourcils puis recommence à parler.

Tout à coup, sans aucun avertissement, les enfants explosent un à un comme des grains de maïs dans une casserole. Ils bondissent et se dispersent vers les différents coins de la salle. Stupéfait, je reste assis.

Le train arrive tellement vite que je n'ai pas le temps de compter. Dans chacun des wagons, des enfants pop-corn s'éclatent. Des poupées, des casse-tête, des blocs de bois, des pinceaux et du bruit. Trop de bruit, que mes mains sur mes oreilles n'étouffent pas suffisamment. Le train n'en finit plus de passer.

Je leur crie « aller maternelle », « aller maternelle ». Ils me regardent et ne semblent pas comprendre ce que je leur dis. Je recule jusqu'au fond de la pièce et là, tapi dans un coin, j'essaie de disparaître. Je le veux tellement, trop peut-être. Un liquide chaud commence à mouiller le devant de ma culotte. Je serre davantage les cuisses et ramène mes jambes sur mon ventre. Non, pas maintenant ! Trop tard, je ne peux plus retenir le pipi. Il mouille mon pantalon et s'étale en cercle sur le tapis. Je regarde mon pantalon. L'odeur d'urine me monte au nez. La honte, la gêne, la peur déclenchent un véritable déluge de larmes. Je pleure. Je ne peux plus m'arrêter.

Petit à petit, le chagrin gruge mon énergie et m'amène au bout de mes forces. Je ne m'entends plus penser. Je renonce au combat ! Je sens qu'on me soulève. Je ne lutte plus. Je n'ouvre même pas les yeux. J'appuie ma tête sur une épaule. Je reconnais ce parfum familier. C'est celui de maman. Soulagé, je pleure de plus belle et m'abandonne dans ses bras.

Je me réveille dans mon lit. Les souvenirs reviennent et j'ai peur. Je cherche maman dans la maison et la trouve dans son atelier. Je cours la rejoindre. Elle m'étreint. M'embrasse. Je me sens en sécurité dans ses bras, mais le cauchemar n'est pas loin derrière.

Il ne tarde pas à revenir lorsqu'au petit matin je me retrouve de nouveau sur le trottoir. Ni la voix douce de maman, ni ses caresses n'arrivent à me rassurer. Je refuse de monter dans l'autobus. Le chauffeur ne me laisse aucun choix. Il m'empoigne par la taille, me lève et m'assoit sur la banquette. Le sort en est jeté. Je hurle pour exprimer toute la colère qui monte en moi. La grosse bedaine arrête le véhicule, se décoince de sous le volant et se plante devant moi. Mon nez arrive à la hauteur de son nombril. Il s'enfonce dans son ventre comme dans une guimauve. Je recule pour avoir une vue d'ensemble. Les yeux du bonhomme Pillsbury lancent des éclairs et m'enlèvent du coup l'envie de crier. Satisfait, il regagne sa place et me surveille dans le rétroviseur. Dès que l'autobus s'arrête, que la porte s'ouvre, je fonce sans réfléchir vers l'ouverture. Je cours droit devant moi. La main du bonhomme n'est pas douce lorsqu'elle m'attrape par l'arrière de mon pantalon et me ramène à bord de l'autobus. Je devine pourquoi il place à côté de moi un garçon aussi large que long.

Je ne fais pas le poids et je me retrouve coincé près de la fenêtre.

Je n'offre aucune résistance lorsque le gros ballon me prend par la main et me conduit dans la gueule du loup. Qu'on me dévore, qu'on en finisse! Je sursaute à peine lorsque les dents se referment derrière moi. Je reconnais l'odeur du danger et, sans attendre le signal, je cours me réfugier dans mon petit coin. Ni le train qui passe, ni l'envie de faire pipi ne réussissent à me faire sortir de ma tanière. J'attends que le temps passe et qu'on vienne me chercher.

Enfin, maman arrive! Je me lève. Elle me fait signe de la main et se dirige vers la dame. Cette dernière l'aperçoit et gesticule tel un policier qui fait la circulation. La girouette se retourne, me montre du doigt et se retourne en grinçant. Maman hausse les épaules et vient vers moi en s'essuyant les yeux. Ses mains chaudes me prennent et m'attirent vers elle. Mon cœur fond. Je ferai un effort, maman, je te le promets.

•

Lorsque les jours qui suivent ramènent comme dans un carrousel l'autobus, la gueule du loup, la ruche, le pop-corn, le petit coin, le pipi et maman, je ne peux tenir ma promesse.

Ce manège m'étourdit. Jour après jour, la peur m'envahit. Elle me gobe tout entier.

•

Le soleil vient chatouiller mes paupières et cherche à me tirer du sommeil. Mon ventre réclame de l'attention. Il grogne. Je ne veux pas me lever, j'ai peur qu'aujourd'hui me réserve la même journée qu'hier. Je remonte la couverture et ordonne à mon bedon de se taire. C'est la voix de maman qui se met de la partie à présent. Non, je reste au lit. Un frisson me parcourt. Une fois de plus, mon pyjama est trempé. Il colle sur mes fesses. Je ne suis pas bien. Je ne veux pas que maman s'aperçoive que j'ai encore fait pipi. Je tire de mon tiroir un pantalon et je cache le pyjama sous mes gilets. Je replace les couvertures sur les draps mouillés. Je glisse mon sac sous le lit, pour enlever à maman l'idée d'« aller maternelle ». Maman se pointe dans l'encadrement de la porte. Elle semble surprise de voir que je suis levé et que le lit est fait. Avant qu'elle prononce une seule parole, je lui dis :

— Non aller maternelle.

Et maman répète :

— Non aller maternelle.

Je suis certain qu'elle n'a pas bien compris, alors je redis :

— Aller maternelle, NON.

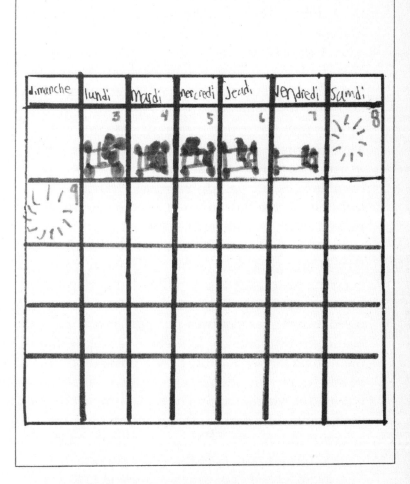

Avec un crayon noir elle dessine un autobus
dans le carré 3, puis elle en fait d'autres
dans les carrés 4, 5, 6 et 7.

Maman sourit et s'approche du calendrier de ma chambre. Avec un crayon noir elle dessine un autobus dans le carré 3, puis elle en fait d'autres dans les carrés 4, 5, 6 et 7. Dans la case 8 elle trace un soleil au visage souriant. Je cours à la fenêtre, il pleut. Maman s'est trompée. L'autobus va revenir, et ça, je ne le veux pas.

Cette nouvelle me coupe l'appétit, je n'ai plus faim. Le gruau refroidit devant moi. Maman place la cuillère dans ma main et insiste pour que je mange. Je n'en suis pas capable. Les images du carrousel tournent et tournent encore dans ma tête. Elles me donnent mal au cœur. Je vomis sur la table.

Je retourne à la fenêtre et surveille l'autobus. Il ne m'attrapera pas. Dès que je l'entendrai arriver, j'irai me cacher. Les aiguilles de l'horloge se traînent lentement. Je suis fatigué d'attendre. Je me dandine. Les voitures passent. Je n'ai plus beaucoup de patience. Je piétine. Je frappe du pied. Je ne veux pas quitter mon poste d'observation mais, en même temps, j'en ai assez d'attendre. Maman approche un tabouret et une petite table. Elle part et revient avec mon jeu de construction préféré. La tentation est grande, mais je ne veux pas manquer à ma surveillance. J'étudie la situation et place le tabouret face à la fenêtre. Je peux jouer et regarder dehors. Cette idée me plaît. Je joue. Je regarde à l'extérieur. Je compte jusqu'à cinq. Je joue. Regarde. Compte. Mon attention reste de plus en plus longtemps sur le jeu. J'empile des blocs. Encore et encore. J'oublie « aller maternelle ».

Lorsque l'odeur de la soupe vient flatter mes narines, je suis surpris. Ma construction est presque terminée. Je lève les yeux, le soleil est revenu. Maman avait raison. Je cours à la cuisine, j'ai faim, très faim. La soupe a bon goût. L'autobus ne viendra pas. Je tiens difficilement en place. Je me lève. Embrasse maman. Me rassois. Mange quelques bouchées. Me relève, le cœur prêt à éclater. Je crie, je cours autour de la table. Je voudrais faire disparaître toutes les traces des dernières journées. J'entraîne maman dans un tourbillon délirant. Nous tournons, nous dansons. La tornade nous projette sur le canapé. La fatigue nous gagne et le sommeil nous rejoint. Dans les bras l'un de l'autre.

Mon pied, tout étourdi sous la cuisse de maman, tente de se libérer. Mes efforts pour le bouger la réveillent. Elle se frotte les yeux, regarde sa montre, surprise de s'être laissé avoir par le sommeil. En moins de deux, elle se ressaisit et se remet debout. Elle me parle, me montre les jeux et disparaît dans son atelier. Les jeux peuvent attendre un peu. La course folle m'a volé mon énergie et le repos ne me l'a pas rendu complètement. Mes batteries se rechargent lentement. Je me sens comme une marionnette à gaine sans la main de l'opérateur. Vidé.

Un bruit de sonnette me sort de ma léthargie. Je sursaute, conscient de m'être assoupi de nouveau. Dans ma tête, l'image du chauffeur apparaît et, sans attendre de vérifier, je me sauve dans ma chambre. Ferme la porte. Me cache dans la garde-robe. Trois, quatre, cinq. Quelqu'un ouvre la penderie. Six, sept. J'ai peur ! La longue robe de chambre m'empêche de voir qui est là. Ah mon Dieu ! on m'attrape le pied et me tire à l'extérieur. Je me sens comme un animal pris au piège et je refuse de sortir de ma tanière. Je m'agrippe à la robe de chambre, mon cœur bat très fort. Je garde les yeux fermés. Pourvu qu'ils comprennent et me laissent tranquille. On relâche mon pied. Maman se met à parler et une voix lui répond. Cette voix, je la connais. C'est celle de la dame qui habite juste à côté de chez moi. Elle a un petit bébé. Parfois, lorsqu'il fait beau, nous allons au parc. Peut-être allons-nous au parc ? Je glisse la tête hors de ma cachette. Maman et la dame sourient.

J'ai de la difficulté à admettre que l'autobus ne viendra pas et, lorsque nous sortons de la maison, je ne peux m'empêcher de serrer plus fort la main de maman. Nous dépassons l'endroit où je prends l'autobus et je respire mieux. J'adore jouer au parc. Faire des routes dans le sable, m'étourdir sur le tourniquet, glisser, me balancer. Je suis heureux. J'enlève mes chaussures. J'aime quand le gazon chatouille mes orteils. Pour me reposer, je me couche sur le dos dans l'herbe et j'observe les nuages. Le soleil perce un œil lumineux dans la tête d'un ours polaire. L'ours s'étire. La ouate sort par quelques déchirures, créant des milliers de confettis. Les miettes blanches se rassemblent et dessinent un lapin. Les longues moustaches s'allongent en zigzaguant et rejoignent un chapeau, sans doute celui d'un magicien. La tête toujours dans les nuages, pour surprendre les autres animaux, je rentre à la maison. L'éléphant blanc nous quitte à la porte, il ne veut pas nous suivre à l'intérieur.

Maman fait couler l'eau dans la baignoire. Je ne sais pas si elle trouve que je me suis trop sali au parc ou si elle a repéré l'odeur de pipi qui s'est réveillée avec la chaleur du soleil. Je m'amuse dans l'eau. Des bruits d'assiettes qui s'entrechoquent parviennent à mes oreilles La peau de mes orteils et de mes doigts ratatine. Lorsque maman entre dans la salle de bains, elle apporte avec elle une merveilleuse odeur de fromage fondu. J'ai faim.

La table dans la salle à manger est dressée comme aux jours de fête. La lumière tamisée, la musique douce, la nappe aux coloris gais, les chaises aux bras accueillants. Tout me plaît dans cette pièce. Quand j'aperçois la fondue au fromage, mon repas préféré, mon cœur se gonfle d'amour pour ma mère. Je cours la rejoindre. Je mets une main sur sa poitrine et l'autre sur la mienne. Je voudrais verser dans son cœur tout l'amour qu'il y a dans le mien. J'aimerais savoir parler. Je dis seulement «maman». Elle place une main sur ma poitrine et l'autre sur la sienne et, comme si elle avait deviné ma pensée, elle dit: «Je t'aime.» Elle le redit plusieurs fois. «Je t'aime, je t'aime.» Et comme par magie, mon cœur entend et comprend. À mon tour, je lui dis: «Je t'aime» et lui fais un gros câlin.

Lorsque plus tard elle me berce, la douceur des mots «je t'aime» remonte en moi. Avec une voix de plus en plus assurée, je les scande comme dans une comptine. Au moment de m'endormir, je sens encore sa main sur ma poitrine comme si elle s'y était imprimée.

Je me suis réveillé tôt et je me prélasse dans le lit. Je ne l'ai pas mouillé et je suis fier de moi. Boule de poils saute sur le lit, me lèche la figure. Il me semble que ça fait des jours que je ne l'ai pas vu. Où se cachait-il? Je le caresse, je le taquine. Je suis si content de le revoir! Je me lève, heureux d'annoncer à maman le retour de Boule de poils. Mon reflet dans le miroir m'arrête sur ma lancée. J'ai grandi, c'est évident, je dépasse la vieille rayure dans la glace. Je souris. Une dent branlante menace de tomber. Je veux en parler à maman, mais comment faire? J'interroge le reflet dans le miroir. Rien, aucune réponse.

J'ai toujours le doigt dans la bouche lorsque j'entre dans la cuisine. Je ne sais quelle nouvelle annoncer en premier : le retour de Boule de poils, la dent ou la nuit sans pipi. Je veux tout dire en même temps, mais mon doigt parle plus vite que ma langue. Maman regarde ma dent. De tous les mots qu'elle dit, je saisis le mot « grand ». Je répète « grand ». Elle sourit.

•

Il pleut. Nous ne pouvons pas aller au parc. Pourquoi maman prépare-t-elle mon imperméable et mes bottes de pluie ? Où allons-nous ? Sans doute l'explique-t-elle à travers tous ses mots, mais moi, je ne saisis pas et je refuse de m'habiller. Elle m'emmène dans la cuisine. Sur la table, le journal est ouvert. Elle me montre le dessin d'un gros lion couché au sommet d'une montagne, un petit lion endormi entre ses pattes. Je ne sais toujours pas ce qu'elle veut dire. Elle me ramène dans ma chambre et, sur le chiffre 9 du calendrier, elle dessine un soleil avec un sourire. Elle se trompe encore. Mais une fois déjà, elle a changé la pluie en soleil, alors je lui fais confiance. J'enfile mon manteau et mes bottes. Nous marchons d'un pas rapide jusqu'au centre commercial. Nous entrons dans une grande salle. Il y fait sombre, quelqu'un a dû oublier d'allumer la lumière. Des rangées et des rangées de fauteuils regardent en silence un immense écran vide. Nous avançons jusqu'au milieu de la salle. C'est bizarre, les fauteuils n'ont pas de sièges. Est-ce pour cela qu'il n'y a personne? Maman fait apparaître un siège. Il doit être défectueux, je m'assois et il remonte tout seul. Je me bats avec lui puis m'installe sur le siège remonté. C'est alors qu'entre une bouchée de maïs soufflé et une gorgée de boisson gazeuse, la magie commence. Un lion magnifique, à la crinière flamboyante, apparaît sur l'écran. Un deuxième lion, un peu moins gros et sans crinière, s'appuie la tête contre son épaule. Tous deux sourient en regardant le bébé lion s'amuser avec ses pattes. J'ai l'impression qu'ils sont vrais, que je pourrais les toucher. Je me sens avec eux. Je pleure lorsque le gros lion reste couché et qu'il ne bouge plus. Je sais qu'il ne reviendra pas. L'histoire se termine, les lumières se rallument. Je ne veux pas quitter mon fauteuil. Je suis toujours là lorsque le lion réapparaît sur l'écran.

Le reste de la journée se déroule à pas de géant et, lorsque le sommeil réclame son dû, j'ai encore la tête pleine de lions et d'animaux. Le nez enfoui dans le poil de mon chien, je m'endors rapidement.

Un rêve m'entraîne dans une forêt magnifique peuplée d'animaux sauvages. Des tigres, des éléphants, des zèbres, des girafes. Tous regroupés par trois. Un gros, un moyen et un tout petit. Un bébé lion et sa maman se reposent sous un arbre. Ils ne sont que deux. Comme maman et moi. Il n'y a pas de gros lion. Je me sens triste à cause du petit bébé. Je m'approche de lui. Le caresse. Nous nous amusons ensemble très longtemps, jusqu'à ce que la noirceur vienne voler tous les arbres autour de nous. Alors, la maman prend le bébé dans sa gueule puis le cale tout contre son flanc. Elle me regarde et dit : « Dors, il est tard. »

Et comme si je la connaissais depuis toujours, je monte sur son dos et je mets mes bras autour de son cou. Le nez dans son pelage, je plonge la tête la première dans le sommeil.

Boule de poils me lèche les joues. Je le repousse avec douceur. Je voudrais retourner encore dans la chaleur du lion. Une bouche affamée fouille mon cou. Des mains chatouillent mon bedon. Je grogne. Les mains descendent jusque sous mes pieds et effleurent mes orteils. Je ne peux plus résister, je me rends. Maman sourit et repousse les couvertures. Elle me tend ma culotte courte et mon gilet. Ma culotte courte ? Je me lève et me rends au calendrier. Je donne le crayon à maman. Elle dessine un autobus. Ah non ! « Pas maternelle. » Jamais plus je n'y retournerai. Je croyais tout ça fini et voilà que ça recommence. Je crie : « Non aller maternelle ! », et je me glisse sous le lit. La main de maman me cherche. Je recule. Son bras s'étire et me rejoint, elle me tire hors du repaire.

Comme un loup déchaîné, je hurle. Elle tente de me rassurer. Elle me parle et essaie de m'habiller. Je me débats. Elle réussit à enfiler une des manches du gilet. Dans son charabia, j'entends « aller maternelle » et je deviens comme fou. Je me sauve dans la cuisine. Maman me rattrape. Elle me coince entre ses jambes et essaie de faire passer l'autre bras dans la manche. Elle resserre l'étreinte. Je frappe le sol avec mes pieds. J'ai la tête coincée dans le col du gilet. J'étouffe, je me sens prisonnier. Dès que ma tête et mes bras se libèrent, je me tire les cheveux. Me mords les mains. Je me roule par terre en piochant. Fuir ! Je frappe ma tête sur le plancher. Assez ! Assez ! Des pattes énormes empoignent ma tête et la coincent comme dans un étau. Je respire avec difficulté. J'ouvre les yeux. Un énorme dragon se tient à califourchon sur mon ventre, et de ses grosses pattes il cloue mes épaules au sol. Je pioche avec mes pieds. Sa bouche crache du feu. Je me débats autant que je peux, mais ses pattes puissantes réduisent mes efforts à néant. Je me sens coincé : incapable de fuir, incapable de rester. J'abandonne.

Chapitre 5

Je suis surpris de me réveiller par terre dans un coin de la cuisine, un linge de vaisselle en guise de couverture. Comment se fait-il que j'aie dormi sur le plancher ? Je grimace en allongeant une jambe ; mon genou est écorché. Je veux voir maman, mais où est-elle ? « Maman ! » Elle me répond, sa voix parvient de la pièce voisine. Je lance le torchon et cours à toute vitesse vers la salle à manger. Les battants de la porte arrêtent mon élan et, suspendu à ces deux ailes de bois, je regarde la scène. Ma mère interrompt le mouvement. Les sourcils froncés, elle m'examine de la tête aux pieds et, lorsqu'elle se penche sur mon bobo, un monsieur apparaît juste devant moi. La peur me coupe les jambes et je me cache derrière maman. De temps à autre, je risque un œil vers l'inconnu et grignote des observations : un gros nez rouge, un large sourire, des cheveux en couronne. On dirait presque un clown. Une voix douce et harmonieuse, un peu bizarre, mais qui le rend plutôt sympathique. Un peu moins méfiant, j'épie quand même chacun de ses gestes. Il fouille dans sa mallette. Prend des pansements. Maman tire sur la manche de mon gilet et me place devant elle. Sans me demander mon avis, le clown se lève et soigne l'égratignure avant que j'aie le temps de réagir. D'abord étonné, je pouffe de rire en voyant de près son crâne dégarni. On dirait une boule de quilles qui roule de la table à mon genou. Il sourit et tire de sa poche un drôle de crayon qu'il dépose dans ma main. Je presse un bout et une petite lumière apparaît. On dirait un soleil ! J'éclaire le nez de maman puis la moustache du monsieur. Il profite de cette diversion pour écouter mon cœur.

Les grandes personnes se lancent dans une parlotte interminable et, sans chercher à comprendre davantage ce qu'ils disent, je pars en expédition avec le crayon-soleil. J'observe la plante du salon. Le faisceau découpe des ronds de lumière dans le vert d'une feuille ; une varicelle blanche qui apparaît point par point. Je sursaute en entendant la sonnette. Le crayon me glisse des mains et roule par terre. Au moment où je me penche pour le ramasser, une dame est déjà là, elle le prend et me le donne en disant : « Bonjour, je m'… »

Le reste de la phrase échappe à mes oreilles. Peut-être s'en rend-elle compte, car elle continue beaucoup plus lentement : « Je-suis-Suzie-Sam-son. »

Sa voix siffle comme un serpent et ça me fait rire. Maman nous entraîne, la dame et moi, vers la salle à manger.

Les adultes jouent parfois à des jeux étranges. Ils se donnent la main, échangent quelques mots de passe :

— … docteur.

— … orthophoniste.

Et la partie commence. Comme sur une bascule l'homme se lève, la femme s'assoit. Il ferme sa mallette, elle ouvre la sienne. Il parle, elle écrit. Les mots se promènent d'une bouche à l'autre. C'est la dame qui a le dernier. C'est elle le vainqueur. Le perdant quitte la pièce pendant que la gagnante installe sur la table papiers et crayons. Elle ouvre un livre d'images qu'elle glisse devant moi. Je regarde distraitement le livre, trop curieux de connaître la suite du jeu auquel jouent les grandes personnes. Avec du blablabla et de grands gestes, ma mère engage la seconde partie du match. On dirait un pantin articulé. Du côté de l'adversaire : rien. Soudain, les rôles s'inversent. La balle est dans l'autre camp. La dame prend le contrôle du jeu, et à son tour parle et gesticule. Maman baisse la tête, semble battue. Se produit alors un revirement de situation. Comme si elle avait été piquée, ma mère se redresse et reprend la parole. Le crayon coincé entre les doigts de l'opposante piétine sur place. Il martèle la feuille de petits points noirs. Un cheval de course à la ligne de départ. Au signal donné, il glisse d'un bout à l'autre du parcours et recommence cet aller-retour plusieurs fois sans s'arrêter. Il fait une pause et reprend son griffonnage. Sans prévenir, il dévie de la trajectoire. Ébauche un dessin dans la marge. Délaisse l'esquisse. Y revient, noircit quatre pages et se couche enfin. Son repos est de courte durée, car maman s'en empare et ne le lâche que plusieurs pages plus loin, la mine bien courte. Les joueuses semblent satisfaites, ayant marqué des points chacune de son côté.

La dame passe à un autre jeu et sort de sa mallette un nouveau livre. « Prends… taupe. »

Je ne comprends pas et détourne le regard.

« Prends-la-petite-taupe », redit-elle plus lentement en indiquant l'animal.

Dans une pochette sur la couverture, une taupe avec des lunettes se repose dans un lit. Une fente à chacune des pages permet à l'animal de glisser d'un lit à l'autre. Elle passe du lit de la girafe à celui de l'éléphant, et saute ensuite dans celui du crocodile. Comme un perroquet, je répète le nom des animaux. Je mets le doigt sur le crocodile, cherche son nom, seuls les mots « grosses dents » arrivent jusqu'à mes lèvres. J'ai l'impression que ma tête est remplie de trous par où s'enfuient les mots lorsque je les appelle. Pendant que je pense à tout ça, les deux femmes échangent des paroles à une vitesse incroyable comme si, tout à coup, le temps les pressait. Je saisis quelques mots au passage et, lorsque j'entends « calendrier », je cours chercher le mien. Maman tourne six pages et inscrit quelque chose dans le carré 26. La dame annonce son départ. Les articles reprennent leur place dans la mallette. Le livre demeure sur la table. Elle me l'offre en disant : « Pour toi. »

Je la trouve très gentille.

Le calendrier retourne sur le mur de la chambre, le livre dort sur la table de nuit. Seul avec maman dans le salon, je m'installe à califourchon sur ses genoux et l'écoute parler d'une voix traînante que je ne lui connaissais pas, mais qui va être la sienne désormais : « Ça va aller maintenant, ça va aller. »

En écho à ses paroles et sans en comprendre le sens, je répète mot à mot et avec la même intonation : « Ça va aller maintenant, ça va aller. »

Maman me regarde, les yeux arrondis. Elle rit, puis ouvre le téléviseur. Je préfère jouer avec mes petites voitures. À la pause publicitaire, je chante avec l'annonceur : « Tu me donnes le goût, Saint-Hubert ! »

Comme un ressort comprimé qui se détend, maman décolle du fauteuil et atterrit devant moi. Elle me soulève et me fait tourbillonner. J'ai de la difficulté à comprendre pourquoi m'entendre répéter quelque chose provoque chez elle une telle explosion d'énergie.

•

L'odeur du café m'annonce le réveil de maman et je la trouve à la cuisine. En me servant un bol de céréales, elle dit de sa nouvelle voix de tortue : « Cé-ré-a-les. » Ma mère a changé depuis la visite de la dame ; non seulement elle parle très lentement en insistant sur chacun des mots, mais de plus elle nomme tout ce qu'elle voit sur la table et plutôt deux fois qu'une. Dans la chambre, elle énumère le nom de chacun des vêtements. Elle décrit tous ses gestes. Je me sens bombardé de mots. Ça n'en finit plus ! Une rafale n'attend pas l'autre. Je me bouche les oreilles et ferme les yeux. Elle me laisse seul et revient un plus tard.

« Viens, dit-elle en ouvrant les bras, j'ai compris. »

On se fait un câlin. Elle me montre un appareil photo. Je hausse les épaules. C'est ma façon de lui dire que je ne saisis pas. Maman prend un papier et un crayon sur le bureau, s'installe par terre et dessine. Je m'approche et regarde par-dessus son épaule. Des animaux prennent forme sous ses doigts habiles.

— Nous allons au zoo, dit-elle en me mettant l'appareil photo autour du cou.

— Nous allons au zoo.

Nous prenons la voiture pour nous rendre au zoo, mais j'ai moins peur, car je sais où nous allons. Je n'ai pas besoin de compter.

Dans une cage, un gros animal, assis sur les fesses, trempe sa grosse patte dans la nourriture et la porte à sa gueule. La couleur, la grosseur, les longues griffes, tout chez cet animal m'impressionne. Maman me photographie devant la cage.

— Chien, maman ?

— Non pas un chien, un ours.

— Non pas un chien, un ours.

Près du bassin d'eau, un animal avance et recule en balançant la tête ; il danse.

— Chien, maman ?

— Non, pas un chien, un ours polaire.

Tous ces noms qui se mélangent dans ma tête ! Je me sens frustré. J'en ai assez de ne jamais dire le bon mot, de ne jamais comprendre ce qu'on me dit. Je voudrais que ma langue cesse de me jouer des tours. Je voudrais que mes oreilles entendent comme il faut. Je voudrais qu'on me comprenne. Je voudrais… être comme tout le monde. Je me frappe la tête contre les barreaux de la cage. Je suis en colère contre moi. Je suis en colère contre tout. Ce n'est pas juste ! Je veux apprendre, je veux savoir.

À mon tour, je harcèle maman pour qu'elle répète, des dizaines de fois, le nom de chacun des animaux. Certains sont pénibles à prononcer. J'ai de la difficulté avec le po-po-po-tame, le rhino-féroce et le singe-penché. D'autres ont des noms très rigolos : l'ours-pas-l'air, le drum-à-terre, le léo-part et l'autre-ruche. Je regarde le spectacle de l'eau-tarie. Je veux tellement apprendre ! Je n'aurais pas cru qu'il puisse exister autant d'animaux différents : à quatre pattes, à deux pattes, des gros, des petits, des poilus, des féroces, des tachetés, des jaunes, certains avec une longue queue, d'autres avec la peau rayée. Je suis émerveillé, mais inquiet. Comment retenir tous ces mots nouveaux ? En nous dirigeant vers la sortie, nous refaisons le chemin en sens inverse et, devant chaque cage, j'essaie de redire le nom des animaux. Ils ont déjà quitté ma tête.

— Chien ?

Maman me regarde.

— Non, pas un chien, une gi i i i…

— Girafe.

Le mot est revenu aussi vite qu'il était parti. Je saute au cou de maman, elle me serre très fort dans ses bras.

Dans la voiture, je compte les animaux que j'ai rencontrés. J'imagine le zoo comme un immense casse-tête à assembler. Je replace chacun des morceaux. Je revois les rayures du zèbre, les griffes de l'ours, le long cou de la girafe. Je m'imagine gardien de ce zoo. Je brosse l'éléphant, je caresse les singes, mais je ne me rappelle aucun nom.

Nous nous arrêtons au centre commercial et maman dépose les deux pellicules.

— Dans une heure, dit le commis.

— Dans une heure, je répète.

Nous allons chez McDonald. Maman me soulève pour qu'il me soit facile de voir le menu. Jamais auparavant, elle n'avait fait cela ; elle décidait pour moi. J'indique les pépites de poulet.

— Du pou-let.

— Tu me donnes le goût, Saint-Hubert !

Maman rit à en pleurer. Elle rit encore lorsque l'employé vient prendre notre commande. Je mange avec appétit mes croquettes comme d'habitude, mais ça me semble tellement meilleur : c'est parce que j'ai choisi moi-même.

Un peu plus tard, dans une boutique, je remarque un coffret extraordinaire. On dirait une réplique en miniature du coffre aux trésors du capitaine Crochet. Je tire sur la main de maman. Lorsque la vendeuse soulève le couvercle, on entend de la musique.

— Tu le veux ? demande maman.

Je répète :

— Tu le veux ? en la regardant et en souhaitant que ces mots me permettent de le garder.

Maman fait oui de la tête. Je serre mon coffret tout contre moi. Pas question de le mettre dans un sac.

La vendeuse essaie de me l'enlever, mais je refuse. Elle me donne alors un sac et me fait signe de le mettre dedans. Je regarde ma mère, elle fait oui de la tête et je glisse le coffret dans le sac. J'ai à peine connaissance du moment où nous allons chercher les photos. Toutes mes pensées vont vers mon nouveau trésor.

De retour à la maison, je place le coffre sur la table près de mon lit et soulève le couvercle. La musique joue. Dès que je le referme, la musique s'arrête. C'est magique. Je ferme les yeux quelques instants et je revois dans ma tête les animaux du zoo. Il y avait le… avec une fourrure blanche et la… avec un grand cou. Il doit sûrement y avoir moyen de retenir le nom des animaux.

Au salon, maman, assise dans le grand fauteuil à oreilles, regarde les photos. Elle me les montre.

— Chien, maman?
— Non, é-lé…
— É-lé-phant.
— Chien, maman?
— Non, sin…
— Singe.

Ouais! Je peux deviner plusieurs noms d'animaux si on me dit le début du mot. C'est merveilleux! Grâce à ce truc, je nomme avec maman tous les animaux sur les photos. Quelque chose m'intrigue, cependant. Comment se fait-il qu'après chacun des noms elle dise tout le temps: «Félix»? «Singe» et «Félix». «Girafe» et «Félix». «Ours» et «Félix». Sur la photo, je ne vois que l'animal et moi. Je demande:

— Félix, le chat?
— Non, pas Félix le chat, Félix tout court.

— Félix tout court.

— Félix, c'est toi, dit maman en cha-
touillant ma bedaine.

— C'est toi.

Elle dit, en me montrant sur les photos :

— Là, Félix, et encore là, Félix.

Pendant qu'elle lave la vaisselle, je reprends
les photos et en l'imitant je dis : « Là " Félix " et
encore là " Félix " et là… " chien ". »

Maman rit.

Son ouvrage terminé, elle vient me rejoindre et nous regardons encore une fois les
photos.

— Là, Félix, là, maman.

— Oui, dit maman. Là, Félix, là, Claire.

— Claire comme du cristal.

Maman me regarde et son rire résonne dans
toute la pièce. De grosses larmes coulent sur ses
joues et, pliée en deux, elle retient son ventre
avec ses mains. Je mime son attitude et elle rit
encore plus.

À l'heure du bain, je veux apporter la photo
de Félix et de Claire dans l'eau. Maman refuse
et dépose la photo sur la petite table près de la
baignoire.

— Tantôt, dit-elle.

Je tape des pieds et je crie très fort.

— Non, tantôt, redit-elle.

Je me roule par terre et crie encore plus fort.
À mesure que la colère prend le contrôle de

mon corps, les raisons qui l'ont provoquée s'effacent et, bientôt, je ne suis plus que rage et fureur. Maman place des serviettes autour de moi et laisse passer la crise. Le calme revient. Claire me parle doucement. Je pleure. J'ai peur que maman ne m'aime plus. Elle me serre tout contre elle et ça me rassure.

Nous rangeons les photos d'animaux dans le coffre, et celle de Félix et de Claire sous l'oreiller. Ma mère avance la berceuse comme elle le fait chaque soir pour la lecture d'une histoire. Je choisis mon livre préféré : *L'ours maladroit*. Je l'aime parce que c'est maman qui l'a inventé et qui en a fait les illustrations. Je le connais par cœur. L'ours barbouillé de confiture me fait rire. Je sais qu'à la page suivante le miel collera les pattes de l'ours à ses oreilles. Il se roulera dans la farine en essayant de se dégager et, à la dernière page, il prendra un bain de mousse avant d'aller au lit. Après la lecture du livre, je vais me coucher moi aussi. Mais le sommeil tarde à venir. Trop d'images trottent dans ma tête. Je m'imagine assis entre les deux bosses du chameau ou grimpé sur la tête de la girafe. Je chatouille les singes et m'endors roulé comme un saucisson dans la trompe de l'éléphant.

•

Lorsque le matin me réveille, ma première pensée va vers les photos dans le coffre aux trésors. Je les étale sur le lit. J'essaie de retrouver le nom des animaux, mais il n'y a que «Félix» qui me revient. Pourtant, ils sont juste là, derrière mon front. Tant pis!

Je décide de fabriquer un zoo. Je place les photos d'ours près de l'entrée. Le lama, les chèvres et l'éléphant le long du sentier. La boîte de papiers mouchoirs devient le restaurant, et mon coffre, la maison des lamas. Des bâtonnets ferment les enclos dans lesquels je répartis les animaux. Maman entre dans la chambre et regarde l'installation. Elle disparaît pour revenir aussitôt avec son sac à main. Elle l'ouvre et en sort une grande feuille de papier qu'elle étend au milieu du lit.

— Regarde, dit-elle, pa-reil.

— Pa-reil.

Je reconnais le plan du zoo, les empreintes de pattes d'ours, les traces de sabots. Cela me donne une idée. Avec du papier et des crayons, je dessine des empreintes que je découpe et place près des enclos. Maman tape des mains en disant:

— Bravo! Bravo, Félix!

— Bravo! Bravo, Félix!

Et je tape des mains, moi aussi.

Pendant que maman prépare le déjeuner, je trouve toutes sortes de façons de classer les animaux. Je les place par grosseur, du plus petit au plus gros, par couleur; je mets d'un côté les animaux à quatre pattes, d'un autre les animaux à

Je décide de fabriquer un zoo.

plumes. Je trouve plusieurs catégories diffé-rentes. Je suis tellement pris par le jeu que je sursaute lorsque maman apporte le déjeuner sur un plateau. Je suis étonné, car je n'ai pas souvent le droit de manger dans ma chambre. Je suis encore plus surpris lorsque maman s'as-soit et mange avec moi. C'est super chouette !

Après le repas, elle écrit « Félix » derrière une photo. Je photographie les lettres dans ma tête. Je prends note de leur forme et de la place de chacune dans le mot. Cinq lettres dont la première ressemble à un peigne sans dent et la dernière à un baiser. J'essaie de les reproduire. La lettre avec une boucle me cause problème, mais je réussis très bien le peigne, le baiser et les deux bâtons. Maman m'aide à faire la lettre escargot. Je trace mon nom derrière une photo pendant qu'elle l'inscrit sur les autres. J'aime beaucoup écrire, alors Claire continue : « Gi-ra-fe, regarde Félix, j'écris gi-ra-fe. »

Elle nomme chacune des lettres en les dessi-nant : g-i-r-a-f-e. Il me semble reconnaître dans la cinquième la tête et le long cou de l'animal et je lui dis en montrant la lettre *f*.

— Girafe.

— Bravo, Félix !

— Bravo, Félix !

Je sais que le dessin de ces lettres représente le mot « girafe », mais je veux trouver un moyen pour que mes oreilles reconnaissent elles aussi le mot. Je vois dans la figure de Claire qu'une idée vient de traverser sa pensée. Elle fait un *f* géant sur une grande feuille, prend une de mes petites voitures, la place en haut de la lettre et la fait rouler vers le bas en faisant «giiii». Le son, le mouvement et l'image s'assemblent et forment un tout dans ma tête. Je recommence l'exercice plusieurs fois et le mot «girafe» se fixe dans ma mémoire.

Je veux apprendre le nom des autres animaux, je tends le crayon et les photos à maman.

— Demain, Félix.

Je ne sais pas ce que «demain» veut dire, alors je lui redonne le crayon en disant :

— Girafe.

Elle dessine un calendrier sur un bout de papier. Dans un carré, elle écrit 26. C'est aujourd'hui. Dans le carré suivant, elle dessine un coffre et des photos. Elle dit en frappant avec la mine dans le carré 27 : «Demain, photos. »

J'ai compris et j'ai déjà hâte à demain photos.

•

C'est avec un splendide soleil que demain photos arrive. Rempli d'énergie, je saute du lit. Mon pyjama n'est pas mouillé, je suis content. Je cours vers la cuisine, impatient d'ajouter de nouveaux mots à ma collection. Quelque chose ne va pas. Maman, la tête appuyée sur une

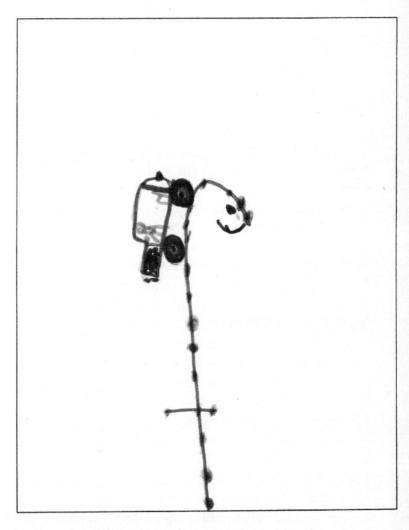

Elle fait un *f* géant sur une grande feuille.

main, semble inquiète. Entre les gorgées de café elle masse son front et ferme les yeux. Je m'approche, dépose un baiser sur sa joue et le coffret sur la table. Elle soupire. J'approche le coffret près d'elle ; jouer va lui faire du bien.

— Non, pas aujourd'hui, je vais chez le vétérinaire.

— Vétérinaire.

Je lève les épaules et pousse le coffret jusqu'à ce qu'il frôle sa main. Elle se fâche et tape sur la table.

« J'ai dit non, Félix. »

Le coffret tombe par terre. Les photos s'éparpillent sur le sol. En ramassant mon trésor, je remarque Boule de poils couché près de la porte d'entrée. Sa langue pend sur le côté de sa gueule. Il respire à peine. Je veux lui faire une caresse. Maman crie :

— Non, Félix, il s'est empoisonné.

— Empoisonné ? Dessine, maman.

— Non, Félix, je vais chez le vétérinaire.

— Vétérinaire. Dessine, maman.

— Je n'ai pas le temps, Félix.

Elle ouvre la porte à la voisine et à son bébé. La voisine ? Nous allons au parc ? Je cours chercher mes vêtements.

« Non Félix, tu ne viens pas. »

Je m'habille encore plus rapidement. Maman prend Boule de poils dans ses bras et disparaît derrière la porte avant que j'aie terminé. Je roule par terre et arrache mes vêtements. Je crie fort et le bébé se met à pleurer. Je hurle et trouve refuge derrière un fauteuil. Des wagons vides défilent très rapidement dans ma tête, et dans le dernier j'aperçois Boule de poils blotti dans les bras de maman. Elle me fait signe de la main. Ma colère se change en peine et mes cris en pleurs, puis le train s'efface sous l'averse de larmes.

•

Un bruit de voiture dans l'entrée. Une porte s'ouvre. La voix de maman interroge, celle de la voisine répond. Je ne bouge pas. La porte se referme sur le silence.

— Maman ?

— …

Je sors la tête de la cachette.

— Chien ?

— …

— Chien ?

— …

Elle prend ma main et m'emmène à la cuisine. Elle sort le bloc à dessin et un crayon, et pendant un long moment elle ferme les yeux. Je donne de petites tapes sur son coude pour la réveiller. Ses yeux s'ouvrent, ses lèvres sourient tristement. Avec précision, elle sépare la feuille en quatre parties. Dans le premier espace, elle dessine un enfant. Je reconnais mes cheveux bouclés, les taches de rousseur sur mes joues, ma salopette jeans et mon t-shirt préféré. Je trouve ça amusant. Je prends le crayon de plomb et j'écris « Félix » en dessous du dessin.

— C'est ça, dit maman.

Elle reprend le crayon et dessine un chien noir tout frisé. Je dis sans hésiter :

— Chien.

— Oui, chien.

Dans un autre espace apparaissent peu à peu un monsieur vêtu d'un grand sarrau, une seringue, mon chien couché sur une table.

— Vétérinaire, dit Claire en montrant le monsieur. Ton chien est malade.

— Vétérinaire, ton chien est malade. Malade, dessine, maman.

Elle ajoute un pansement sur la patte du chien.

Dans la dernière partie blanche de la page, elle fait un calendrier. Dans les carrés 27, 28 et 29, Boule de poils dort, et dans le 30, il est réveillé. Je comprends et je dis :

— Chien dodo, chien dodo, chien dodo, chien parti…

— C'est ça, dit maman. Chien dodo, chien dodo, chien dodo, chien réveillé.

Ça me fait tout drôle d'entendre maman répéter ce que je dis. Je réalise tout à coup que ses dessins viennent de créer un pont entre elle et moi. Comme si avant nous étions sur deux îles séparées et qu'à présent, grâce aux dessins, nos idées pouvaient traverser d'une île à l'autre. À mon tour, je prends les crayons de

Dans la dernière partie blanche de la page,
elle fait un calendrier. Dans les carrés 27, 28 et 29,
Boule de poils dort, et dans le 30, il est réveillé.

couleur, dessine Félix et Claire, et un gros arc-en-ciel entre les deux. Je remplis le reste de la page de cœurs et de bisous.

Lorsqu'elle fixe le dessin sur le réfrigérateur à l'aide d'un aimant, je vois bien qu'elle pleure, et je pleure moi aussi. Je ne sais pas pourquoi.

●

J'attends le retour de mon chien, et les journées sont longues ; pour qu'elles passent plus rapidement, Claire joue avec moi. J'apprends des mots nouveaux. Elle dessine un objet ou un animal, me dit le nom en l'écrivant et nous essayons de trouver un moyen (maman appelle ça un pont) pour le fixer dans ma mémoire. Nous revenons sur les mots appris auparavant. J'en reconnais plusieurs. Je me sers de ceux que je connais déjà pour apprendre les nouveaux. Je cherche des ressemblances entre le dessin et les lettres. J'associe des mots semblables tels « parapluie » et « parachute » et je dessine des petits indices qui m'aident à les différencier (de la pluie avec le *i* du parapluie et une chute avec le *h* du parachute). Ma collection s'enrichit. Nous passons aussi beaucoup de temps à regarder des livres. Je comprends un peu plus l'histoire grâce aux mots que j'ai appris et aux illustrations que j'observe.

Les chiffres 27, 28 et 29 sont enfin rayés sur le calendrier. Je sais qu'aujourd'hui mon chien

Comme si avant nous étions sur deux îles séparées
et qu'à présent, grâce aux dessins, nos idées
pouvaient traverser d'une île à l'autre.

revient. J'ai hâte de le revoir et je ne tiens plus en place. Je voudrais que maman interrompe son bavardage au téléphone pour qu'on puisse partir tout de suite. Je fais du bruit pour attirer son attention. Elle fait chut avec son doigt. Comme c'est long! Enfin! Elle raccroche. Ça y est, nous partons. Non, elle s'appuie au comptoir. Se met à pleurer. Je ne veux pas qu'elle pleure; j'ai trop hâte d'aller chercher Boule de poils.

— Chien, maman.

— …

Je tire sur sa manche pour qu'elle se retourne.

— Chien, maman.

— …

Elle cache sa figure dans ses mains et sanglote. J'insiste une fois de plus.

— Chien, maman.

Elle crie très fort:

— Non, pas de chien, Félix.

Je ne reconnais pas, dans cette grosse voix en colère, ma mère si patiente et si douce. Je pleure à mon tour. Elle me prend dans ses bras, essuie mes larmes puis les siennes.

— Plus de chien, Félix.

Je sais, il est chez le vétérinaire. Maman ne semble pas se souvenir qu'il doit revenir, les trois dodos sont terminés.

— Trois dodos finis.

— Il n'y a plus de chien, Félix, ton chien est parti.

Je ne comprends pas ce qu'elle veut dire.

— Dessine, maman.

— …

Elle ne bouge pas. Je vais chercher papier et crayon.

— Dessine, maman.

Ses mains tremblent lorsqu'elle saisit le crayon. Un long soupir. Un dernier sanglot. Elle renifle. Le crayon, d'habitude si habile, trace avec beaucoup d'effort l'oreille puis le museau de Boule de poils. Il est couché sur le côté, il dort.

— Réveille, maman.

— Non, Félix, je ne peux pas.

Elle ajoute un nuage sous le chien. Je lui enlève le crayon des mains et dessine une échelle.

— Chercher chien, maman.

— Non, Félix, ton chien est parti.

— Dessine, maman.

Elle lève les épaules.

— Je ne suis pas capable, Félix.

— Dessine, maman.

Après un long moment, elle reprend le crayon et commence le premier d'une série de dessins. Un enfant tient au bout d'une corde un ballon dans lequel je vois un petit chien noir. Le garçon laisse le ballon s'envoler. Il monte de plus en plus haut. Dans le ciel, il rejoint plusieurs autres ballons-chiens. L'enfant souffle un baiser à son chien. Je regarde ces dessins et je comprends ce que veut dire « ton chien est parti ».

Un enfant tient au bout d'une corde un ballon
dans lequel je vois un petit chien noir.

Maman ouvre un tiroir, gonfle un ballon et lui attache une grande corde. Elle sort l'album de photos, prend celle de Boule de poils et la colle sur le ballon. En prend une deuxième qu'elle glisse dans ma poche. Je mets mon manteau et mes bottes ; nous sortons dans le jardin. Je laisse le ballon monter jusqu'au bout de sa corde. Le chien se balance dans le vent. Il tourne, monte et redescend. Le garder ou le laisser s'envoler ? J'hésite. La corde file entre mes doigts et le ballon s'élève en tourbillonnant. Maman lui souffle un baiser. Je porte la main à mes lèvres, mais le baiser meurt sous mes doigts. Elle m'enlace et je pleure dans son cou. Il neige et les gros flocons dans le ciel dansent avec mon chien. Nous rentrons.

•

Les jours suivants, je n'ai plus goût à rien : ni les jeux, ni les photos, ni les dessins ne m'intéressent. Je traîne mes pantoufles dans toute la maison. Dans chacune des pièces, je revois Boule de poils. Il me manque beaucoup. Rien n'est pareil sans lui. Les jours s'étirent à n'en plus finir. Il m'arrive de souhaiter partir dans un ballon moi aussi. Maman ne sait plus quoi inventer pour me distraire et je ne suis pas des plus excités lorsqu'elle sort mon habit de neige.

« Viens, Félix, nous partons. »

Elle m'entraîne dans une animalerie. Je vois un perroquet puis des chats.

— Regarde le chien, crie maman, enthousiaste, en montrant un animal au corps tout étiré et aux pattes courtes.

— Pas chien, ça.

Je sors de ma poche la photo de Boule de poils et dis : « Ça, chien. »

Le vendeur jette un coup d'œil sur la photo. Il met dans mes mains une petite boule noire toute frisée. « Est-ce un chien, ça ? » demande-t-il.

Le petit chien ouvre les yeux et lèche mes doigts.

— Ça, chien.

— Il est à toi, dit maman.

Elle sort de son sac une couverture et y enroule le chien. Le long du chemin, je tiens le petit paquet bien au chaud. Son cœur et le mien battent rapidement. À la maison, nous lui installons un lit dans ma chambre et des papiers journaux dans la salle de bains. Boule de poils est revenu.

•

Aujourd'hui, Claire sort une vieille boîte remplie d'animaux de plastique. J'en nomme plusieurs et j'en suis fier. En voilà un que je ne connais pas.

— C'est une vache, dit maman.

— Pas vache, ça.

— Oui, une vache sans tache.

Tout en animant les figurines, maman invente l'histoire de Pistache la vache sans tache et de Félix l'enfant sans mot. Je ne comprends pas tout, mais je sais qu'elle parle de moi, de ponts et d'une vache. Au fur et à mesure que se crée l'histoire, Claire fait des croquis. Plus tard, dans l'atelier, un beau livre naît de ses esquisses. Pendant plusieurs jours elle poursuit son projet et le livre prend forme. Chaque fois qu'elle met l'écriture sous l'image en disant les mots à voix haute, je les apprends par cœur. Ses doigts de fée font apparaître des dessins extraordinaires. J'en suis émerveillé. Je connais chacun des détails du livre et chacun des mots. Je les lis du début à la fin même si je ne comprends pas tout ce qu'ils veulent dire. Maman applaudit, j'applaudis moi aussi.

À l'aide de bandes dessinées, elle m'explique les différentes étapes de la publication d'un livre, et le dessin sur le calendrier m'indique qu'il faudra beaucoup de temps avant que le livre soit prêt.

•

Le temps passe vite, nous sortons beaucoup. Je visite une ferme, un aquarium, un aéroport, une volière. Je n'arrête pas d'apprendre. Partout où nous allons, Claire me nomme toutes les choses que je ne connais pas. À la fin de chacune des journées elle écrit et dessine les actions que nous avons faites, et moi, je photographie toutes les lettres dans ma tête. Lorsqu'il ne fait pas beau, nous jouons à la chasse aux mots et aux phrases. Ma collection augmente. J'ai dû ajouter un sac à mon coffret.

•

Les rayons du soleil entrent à pleine fenêtre dans le salon. Le printemps est revenu. La neige a déjà commencé à fondre, et bientôt je pourrai courir sur le gazon. Un bruit à l'extérieur attire mon attention et je me précipite à la fenêtre. Un camion stoppe juste devant notre entrée. Un livreur en descend, contourne le véhicule et retire par la porte arrière une grosse boîte qu'il transporte jusqu'à notre maison. Il sonne et dépose la boîte juste à mes pieds. J'examine de tous les côtés la grosse boîte recouverte de papier brun. Aucun indice sur son contenu, aucune odeur. Elle est beaucoup trop lourde pour que ce soit un jouet ou un vêtement. Trop petite pour que ce soit un meuble. Je tourne autour, impatient de découvrir ce qu'elle contient. Maman n'en finit plus de signer des papiers et de placoter avec le livreur. Ne pouvant retenir ma curiosité plus longtemps, j'arrache le papier et dégage un coin. Du ruban gommé m'empêche d'aller plus loin dans ma découverte.

Chapitre 6

Je suis tout excité en découvrant que la grosse boîte renferme des livres. Douze exactement. Tous pareils! Je prends un exemplaire, l'examine avec curiosité. Les dessins me rappellent vaguement quelque chose, mais il faut du temps avant que je reconnaisse Pistache la vache sans tache. Sitôt enclenchés, les souvenirs se bousculent dans ma tête.

Le dessin de la page couverture m'intrigue énormément. On dirait deux photographies d'un même paysage; l'une en noir et blanc, l'autre en couleurs. Cette différence mise à part, un autre élément distingue les deux illustrations. Sur la première, on voit une seule vache, toute blanche. Sur la deuxième, les vaches sont tachetées et nombreuses. Un arc-en-ciel s'étire et relie les deux champs, offrant à l'animal sans tache sept chemins de couleurs pour rejoindre les autres.

La pauvre solitaire, c'est Pistache. Un velcro la fixe à la couverture et maman m'explique qu'il est possible de la détacher pour lui faire visiter, au fil des pages, un zoo, une ferme, un marché… Je peux, à l'aide d'un crayon à encre effaçable, dessiner sur Pistache une tache noire chaque fois que je réussis à nommer les objets ou les animaux de la page. Ainsi, Pistache ressemblera de plus en plus aux autres vaches. Une pellicule transparente sépare chacune des pages. Claire me montre comment l'utiliser pour dessiner les ponts aide-mémoire. Je trace sur la queue du singe un gros *S* qui me rappellera le début du mot « singe ».

Même si je peux lire par cœur l'histoire au bas de la page, je ne la comprends pas beaucoup. Raconte-t-elle comment Pistache a perdu ses taches ? Serait-ce la pluie qui les a fait disparaître ? Je n'en sais rien et les images ne répondent pas à ma question. Frustré, je me tourne vers maman pour le lui demander, mais je ne trouve pas les mots pour le faire. Le vide total. Les mots refusent de venir à mon secours. Pas un seul ne se présente. Un trou dans ma mémoire. Je n'entends plus la petite voix dans ma tête et ce silence inhabituel me fait peur. Je sens une chaleur naître dans le bas de mon dos et monter vers mon cou. Mon cœur bat très vite. Plus j'en prends conscience, plus il accélère et plus je m'essouffle à le suivre. Mes jambes ramollissent et refusent de me supporter davantage. Claire m'attrape comme j'allais tomber et me transporte à la salle de bains. Une débar-

Je trace sur la queue du singe un gros *S*
qui me rappellera le début du mot «singe».

bouillette froide rafraîchit ma nuque et mon visage en avalant ma chaleur. Je grelotte à présent. Le calme et la chaleur reviennent peu à peu. Je ne m'explique pas bien ce qui est arrivé et la peur que ça recommence s'installe en moi.

●

Tous les jours, je dessine un soleil sur le calendrier. Je le fais gros, occupant tout l'espace pour dissuader ma mère d'y tracer un autobus. Ce matin, une écriture remplit déjà la surface. Je décroche le calendrier et court le montrer à maman. Elle lit :

— Orthophoniste.

Je redis sur le même ton :

— Orthophoniste.

En m'entendant répéter, maman porte la main à la bouche, surprise comme si je lui rappelais quelque chose d'oublié. Elle regarde sa montre et m'incite à m'habiller rapidement.

— Orthophoniste ? Dessine, maman.

— Je n'ai pas le temps, nous sommes pressés.

— Dessine, maman.

Impatiente, elle esquisse en toute vitesse au dos du calendrier une femme avec une mallette et je crois reconnaître dans les coups de crayon la personne qui m'a offert le livre de la petite taupe. Je vais le chercher. Lorsque je reviens avec le livre, Claire se fâche en voyant que je ne suis pas encore habillé et elle m'ordonne de le faire « illico ». Je ne sais pas ce que ça veut dire, mais, à l'expression de son visage, je crois qu'il vaut mieux que je me dépêche. Aussitôt que j'ai mis mon manteau et mes bottes de printemps, elle me pousse vers la sortie sans même se rappeler que je n'ai pas déjeuné. Quand j'ouvre la porte, un soleil aveuglant me fait grimacer. Pendant quelques secondes seulement, je sens la caresse de ses rayons et c'est suffisant pour me faire regretter de ne pas aller à pied chez l'orthophoniste.

La voiture s'arrête devant une large maison de pierre, bâtie sur deux étages. Je peux lire, sur une plaque près de la porte d'entrée, mille six cent dix. Notre maison porte le numéro trente deux ; je sais bien que c'est moins que mille six cent dix et je me dis que c'est sûrement pour ça que notre demeure est plus petite.

Je réfléchis encore à la question lorsque la dame vient nous ouvrir la porte. En l'apercevant, par réflexe peut-être, je me colle contre ma mère. Je crois presque entendre le bruit du velcro lorsque Claire me détache d'elle et me pousse vers l'avant. Je choisis ce moment pour me plaindre de la faim. Puis le sourire de la dame et le souvenir du livre offert finissent par me rassurer et je me décide à entrer. La pièce est vaste. La dame nous quitte quelques minutes et revient les bras chargés de muffins, de jus

d'orange et de café. Je ne regrette pas d'être
venu. L'orthophoniste s'assoit d'un côté de la
table, Claire et moi de l'autre. Nous mangeons
tout en refaisant connaissance. Je les écoute
bavarder et jette un œil sur le mobilier : une
table, quatre chaises, une étagère à six tablettes
remplies de jeux et de livres, un téléviseur et oh
merveille ! un ordinateur. J'adore jouer sur
l'ordinateur à la maison. Je suis de plus en plus
content d'être ici.

La dame propose un premier jeu. Elle installe sur la table des illustrations de toutes
sortes. Je dois lui montrer celle qu'elle me
nomme. Pour s'assurer que je comprends bien,
elle fait d'abord le jeu avec maman. Au début,
j'indique rapidement les images. Ce sont des
mots que j'ai appris avec ma mère. Peu à peu,
le jeu devient plus difficile. Tous les mots finissent par se ressembler : mouche-bouche-cou-
che, pois-bois, taon-pont, mouton-bouton, je ne
m'y retrouve plus. Les mots refusent de faire
des images dans ma tête et j'abandonne.

Le deuxième jeu me cause plus de pro-
blèmes encore. Pour retrouver l'image, il ne
suffit plus d'écouter un mot mais un paquet de
mots qui décrivent l'illustration. Quand enfin je
trouve l'image que je cherche, je ne me sou-
viens plus si la chemise doit avoir des fleurs ou
des pois. Le pantalon doit-il être court ou long ?
A-t-elle dit « calotte » ou « culotte » ? Je refuse
de continuer. Maman me tape sur l'épaule et

m'invite à essayer encore. La dame dit : « Le chien joue avec le chat. »

Je retrouve l'image d'un chien, il mange un os. Je vois un chat, il joue avec une balle de laine. Puis voilà, j'ai oublié ce que devait faire le chien ou le chat. C'est décidé, je ne joue plus et je repousse les cartes.

Claire et l'orthophoniste parlent ensemble. Les lèvres de Claire avancent, reculent, s'arrondissent et s'étirent. Celles de l'orthophoniste font de même. Je place mes doigts sur mes lèvres et je les sens s'étirer puis se rapprocher lorsque je dis « Félix ». Cela m'amuse pendant un moment. Je tire la langue en essayant de toucher mon nez, puis chacune de mes joues. J'imagine les gens sans bouche. Par où sortiraient les sons ? Par les oreilles ou par le nez ? J'essaie de parler la bouche fermée. J'arrive à produire des sons, mais je ne peux prononcer aucun mot. Puisque les mots sont si importants, il n'est pas juste que les miens ne m'obéissent pas davantage.

Lorsque mon attention se reporte sur la dame devant moi, j'entends : « Le problème de Félix est peut-être de la dys-pha-sie. »

Dys-pha-sie. Je ne sais pas ce qu'est une phasie et je me demande si le fait d'en avoir dix est bien ou mal. Je suppose que oui, dix étant plus gros que un. Pour vérifier, je dis à Claire : « Dessine, maman. »

Elle lève les épaules. L'orthophoniste prend la parole et dit :

— À ta prochaine visite, je t'expliquerai.
J'ai un petit film. On se revoit dans deux jours.

— Deux jours.

Cette dame semble bien me connaître car,
sans que je lui demande, elle dessine un calendrier pour me permettre de comprendre. Elle y
inscrit mon nom et me le donne en disant : « On
se revoit dans deux jours. »

•

Le soleil se faufile par les lamelles de mon
store vénitien et dessine des rayures blanches
sur mon couvre-lit jaune. En levant les genoux et
en jouant avec mes mains, il m'est facile d'ima-
giner, dans cet assemblage de lignes, un zèbre
s'étirant dans les chauds rayons. Je cherche le
nom de cet animal, mais ce qui revient à ma
mémoire, c'est qu'aujourd'hui je vais chez
l'orthophoniste. Je saute du lit, faisant disparaître du même coup le zèbre à demi réveillé. Je
ne tiens plus en place. J'ai l'impression que tout
conspire pour retarder le départ. Les aiguilles de
l'horloge sont toujours l'une sur l'autre devant
le chiffre dix. Maman lambine. Ne trouve plus
ses clés. Puis c'est ma casquette qui disparaît.
Même le chemin s'étire en longueur. J'ai hâte
d'arriver. La dame a promis qu'on écouterait un
petit film et j'adore les films.

Youpi ! Ce sont des dessins animés. L'histoire
débute lorsqu'un chaton et sa maman s'assoient

autour d'une table pour prendre leur repas. Des
mots sortent de la bouche de la maman et s'écri-
vent dans une bulle devant elle. Je lis : « Veux-tu
du fromage ? »

La bulle se déplace jusqu'au chaton et entre
dans son oreille. Je la vois voyager à travers une
spirale, traverser une petite porte qui ressemble
à une peau de tambour, puis emprunter des cor-
ridors pour arriver enfin dans une immense
pièce où travaillent plusieurs fourmis. Une
fourmi accueille les mots, lit le message et crie à
la suivante : « Catégorie nourriture. »

La deuxième attrape les mots et se dirige à
travers des labyrinthes jusqu'à la porte derrière
laquelle sont entreposées les images d'aliments. Elle remet les mots à une troisième
fourmi qui choisit parmi tous les dessins celui
qui correspond au mot « fromage ». L'image est
transmise par d'autres fourmis jusqu'au poste
central. L'illustration est placée bien en vue
pour que le chaton puisse l'apercevoir dans sa
tête. Une fois que le chaton a décidé qu'il veut
du fromage, d'autres fourmis transportent
jusqu'à sa bouche les mots « Oui, j'en veux ».

L'écran du téléviseur devient blanc et je me
dis que l'histoire est terminée. Je m'apprête à
me lever. Puis tout à coup, l'histoire recommence. La maman redemande au chaton :
« Veux-tu du fromage ? »

Les mots se replacent dans la bulle et voya-
gent vers le chaton. Après un séjour dans

l'oreille, ils arrivent dans la pièce principale où, à ma grande surprise, les fourmis dorment. Elles ne se réveillent pas pour accueillir les mots qui, ne sachant où aller, flottent dans la tête à la recherche d'une issue. Comme le chaton ne comprend pas le message, tout ce qu'il peut faire, c'est répéter : « Veux-tu du fromage ? »

La scène du repas recommence une troisième fois. Cette fois-ci, les fourmis ne dorment pas, mais elles s'organisent mal. En transportant les mots, elles en échappent ou se trompent de portes et, au lieu du dessin d'un fromage, elles rapportent à l'ordinateur central l'illustration d'un roi mage. Une petite fourmi reprend les mots et, comme le Petit Poucet, elle marque son chemin pour le retrouver. Elle suit les repères, mais elle doit contourner des clôtures et des obstacles qui l'empêchent d'arriver à l'endroit où elle voulait aller. Elle s'épuise et laisse tomber les mots. Le chaton ne répond pas à sa maman.

« Voilà, dit l'orthophoniste, ça ressemble à ça, la dys-pha-sie. »

Dys-pha-sie, dix fourmis. J'ai compris et j'en veux à mes fourmis de ne pas travailler fort. Je les imagine faisant la sieste dans mon cerveau et je me frappe la tête pour les réveiller. Allez, debout, paresseuses ! Puis, je me dis qu'elles ne doivent pas dormir tout le temps. N'est-ce pas elles qui m'aident à compter ou à classer ? Mais les mots… Pour expliquer les larmes qui

Une petite fourmi reprend les mots et, comme le Petit
Poucet, elle marque son chemin pour le retrouver.

viennent dans mes yeux, j'imagine les fourmis raccordant un gros tuyau à une borne-fontaine. Maman me prend dans ses bras et pleure avec moi. La dame dessine un réveille-matin, un classeur, une fourmi et dit en me les montrant : « Nous allons donner ça à tes fourmis pour les aider à mieux travailler. »

Elle se dépêche d'ajouter : « On se revoit dans deux jours et j'ai très hâte. »

•

Je ne suis pas certain de vouloir retourner chez l'orthophoniste. J'y ai réfléchi et je n'ai pas trouvé comment elle pourrait faire entrer dans ma tête tous les objets qu'elle a dessinés. Les différentes façons que j'imagine ne me plaisent pas du tout. Depuis deux jours, je cherche dans mon cerveau un bruit qui me rassurerait sur le travail de mes fourmis, mais je n'entends rien et j'ai peur qu'elles dorment pour toujours. Voilà pourquoi ce matin je traîne dans ma chambre sans m'habiller. Une partie de moi veut savoir, et l'autre préfère ignorer. Les deux parties font valoir leur point de vue et, lorsque Claire entre dans la chambre, la guerre est déclarée. Une boule de chaleur monte en moi et ramollit mon corps. De nouveau, la débarbouillette d'eau froide vient à mon secours. La voix rassurante et les caresses de maman éteignent l'incendie.

La dame dessine un réveille-matin,
un classeur, une fourmi.

Le chemin en voiture se fait rapidement et Suzie (son nom me revient à présent) nous accueille. Sans perdre de temps, nous nous installons autour de la table, chacun reprenant la même place que l'autre jour ; on dirait que nos places nous attendent d'une fois à l'autre. Suzie dépose sur la table le dessin d'une fourmi réveillée et celui d'une fourmi dans son lit, puis elle place un réveille-matin entre les deux. Pour que je comprenne le jeu, elle le fait une première fois avec maman. Elle dit :

— Claire, mets ton manteau.

Ma mère touche la carte de la fourmi réveillée et dit :

— Je comprends.

Puis, elle se lève et enfile son manteau.

C'est à mon tour et j'écoute attentivement ce que dit Suzie :

— ... ouche ton nez.

Mouche ton nez, touche ton nez, bouche ton nez, tous ces mots se ressemblent. Je prends une chance. Je montre la carte de la fourmi réveillée et je dis :

— J'ai compris.

Je prends un mouchoir et mouche mon nez.

— Non, dit Suzie en touchant la fourmi endormie, tu n'as pas compris et il faut le dire pour qu'on te donne un réveille-matin. Elle touche le réveille-matin et touche son nez, puis elle dit : « Touche ton nez. »

Il a fallu jouer plusieurs fois avant que je comprenne que le réveille-matin, c'est un mime, un dessin ou un autre mot qui vient réveiller ma fourmi lorsqu'elle dort. Il est important que je dise si j'ai bien compris ou non afin qu'on m'aide si je n'ai pas compris. Suzie remet à ma maman deux fourmis (l'une réveillée, l'autre endormie) et un réveille-matin. Je dois refaire le jeu plusieurs fois d'ici à ce qu'on se revoie la semaine suivante.

•

D'une visite à l'autre, les fourmis s'activent dans mon cerveau. Parfois, elles réussissent l'exercice du premier coup, et d'autres fois, il faut reprendre du début. Après la fourmi endormie et le réveille-matin, j'ai fait la connaissance de la fourmi classeur. Son travail est de classer les mots dans les bons ensembles. Un tiroir pour les fruits, un pour les légumes, un autre pour les vêtements. Chaque mot nouveau qui entre dans ma mémoire doit être classé par elle.

Je rencontre également la fourmi coquine, qui exige, pour placer l'image, que je lui dise précisément l'endroit où elle doit le faire. Est-ce en haut, en bas, à côté, au-dessus ? Elle m'apprend que ces mots, même s'ils sont petits, font une grande différence dans une phrase.

Il y a aussi la fourmi gardienne du temps, puis celle qui recherche le mot exact, celle qui garde l'ordre dans une phrase, et bien d'autres encore. Chacune de ces fourmis me fait travailler et tous les jours maman et moi faisons des exercices pour garder mes mots en forme. Sur les conseils de Suzie, ma mère a caché plusieurs jeux, a éloigné de ma main plusieurs objets qui me sont utiles afin que je sois obligé de les demander. Au début, ça me fâchait, mais à présent je joue le jeu. En récompense, une fois par semaine, je décide du menu d'un repas. J'en profite pour choisir des aliments qu'on ne mange pas souvent selon moi et un peu trop selon maman, vu qu'ils sont, paraît-il, moins bons pour la santé.

•

À travers tous ces exercices et ces rendez-vous, l'été est arrivé en douce sans que je m'en aperçoive. Ce matin, je suis surpris de voir les fleurs déjà grandes ouvertes et je demande à maman la permission de couper une rose pour Suzie. Elle me permet également d'apporter le livre *Pistache la vache sans tache* afin de lui montrer mes progrès en lecture et en compréhension.

Dans la voiture, je me rappelle les expressions entendues à mon rendez-vous précédent : « connaître par cœur », « apprendre par cœur », « dire par cœur ». Je crois comprendre qu'elles veulent dire : faire avec son cœur. J'aime beaucoup Suzie, et aujourd'hui je fais par cœur le trajet de notre maison à chez elle. Très excité par les deux surprises que je lui ai préparées, j'attends avec impatience qu'elle ouvre la porte. C'est moi qui ai la surprise en la voyant. Ses cheveux blonds sont maintenant plus noirs que le corbeau.

— Cheveux coupés?

— Non, Félix, j'ai fait co-lo-rer mes cheveux.

Je ris en imaginant la coiffeuse, avec ses crayons feutres, colorant un à un les cheveux de Suzie. Je la regarde d'un côté puis de l'autre pour retrouver sous cette nouvelle allure la Suzie que je connais. L'examen terminé, je dis:

— Suzie, beau!

Elle corrige aussitôt:

— Belle! Suzie est belle!

Je reprends:

— Suzie est belle! Et cheveux dessinés beaux!

Maman et Suzie éclatent de rire en même temps. J'offre ma fleur et, pressé de lire, je cours m'installer à la table. Je place mon doigt sous chacun des mots et je n'en manque pas un seul. Suzie est impressionnée: ses yeux s'agrandissent et sa bouche arrondie ne laisse passer aucun son. Claire me félicite et me serre dans ses bras.

En récompense, Suzie installe un nouveau jeu à l'ordinateur. Lorsque j'entends un mot, je

Je ris en imaginant la coiffeuse, avec ses crayons feutres,
colorant un à un les cheveux de Suzie.

dois repérer l'image qui le représente à l'écran et la classer dans le bon ensemble. « Toupie ». Est-ce un jouet ? Oui. À l'aide de la souris de l'ordinateur, je place la toupie dans le coffre à jouets. L'ordinateur a des fourmis dans sa tête ? Tout comme moi ? J'en suis bien content. Après m'avoir donné les explications, Suzie parle avec ma mère. Je m'amuse bien. Une trompette salue chacune de mes réussites. Dans le deuxième tableau, la maison est en désordre et je dois replacer les appareils électriques dans les pièces où ils sont utilisés : le grille-pain dans la cuisine, le téléviseur dans le salon. Ce qui m'amuse le plus, c'est d'entendre le bruit de chacun des appareils avant que l'image apparaisse.

Maman parle fort tout à coup et le ton de sa voix attire mon attention. Il est question de télévision, de caméra, d'enfant trop jeune. À son tour, Suzie parle d'aide pour les autres enfants, de Félix qui sait lire, qui aime les histoires et les livres, une chose extraordinaire. Le ton baisse et je ne comprends pas le reste de la discussion. Je m'interroge sur le sens des mots entendus : « télévision », « enfant trop jeune ». Cela voudrait-il dire que je ne pourrai plus écouter la télévision ? Je suis déjà triste rien qu'à y penser et je n'ai plus envie de jouer. Claire et Suzie semblent être d'accord à présent. Comme deux complices, elles se serrent la main en disant : « Ça va marcher ! »

Sur le chemin du retour, les mots « télévision » et « enfant trop jeune » reviennent me hanter. Dans mon cerveau, les petites fourmis doivent travailler fort pour trouver une explication raisonnable à ce non-sens. Elles cherchent encore au moment où la voiture s'arrête dans l'entrée, et je sursaute lorsque que ma mère vient ouvrir la portière. Je veux savoir et, en même temps, j'ai peur de ce que je pourrais découvrir. Je me dirige vers ma chambre et j'élabore un plan. La solution est simple et me saute aux yeux ; je n'ai qu'à allumer le téléviseur et à attendre la réaction de maman. Je m'exécute immédiatement. J'allume le téléviseur. Claire est à la cuisine, alors je mets le son très fort pour qu'elle l'entende. Elle vient au salon, me regarde, s'approche de l'appareil et baisse le son en disant : « Pas si fort, Félix, ce n'est pas bon pour tes oreilles. »

Et c'est tout. Pas d'interdiction. Pas d'autre commentaire. Elle s'en retourne à la cuisine. Je cours derrière elle, la rattrape et lui demande :

— Télévision, oui ?

— Bien sûr, tu peux écouter la télévision.

— Félix pas jeune ?

— Mais non, voyons ! Que se passe-t-il, Félix ?

On dirait qu'en même temps qu'elle pose la question, la réponse lui vient toute seule ; elle se met à parler et à parler sans vouloir s'arrêter. Je ne la suis pas du tout.

« Dessine, maman. »

•

Je n'aurais jamais pensé qu'il faudrait des jours et des jours, huit exactement, de dessins, de mimes et de jasettes pour me faire comprendre que nous allons, ma mère et moi, aller à la télévision. Je devrai lire le livre *Pistache la vache sans tache* devant une caméra et répondre à quelques questions auxquelles maman m'aura préparé. Même après toutes ces explications, je n'ai pas encore compris comment nous allons faire pour entrer dans la télévision. Chaque fois que j'en démêle un bout, ma mère en ajoute un autre qui vient tout compliquer. Beaucoup de personnes seront présentes : des caméramans, des éclairagistes, Suzie, des maquilleurs. Il faudra que je mette du rouge sur mes joues, que je m'assoie correctement, que je parle fort. Je ne sais pas si j'ai envie de tout ça.

•

Tout ce que j'avais imaginé n'est rien par comparaison avec ce qui m'arrive. Personne ne m'avait dit que le matin en question je me réveillerais avec une grosse boule dans l'estomac, que mon déjeuner refuserait de passer et choisirait pour sortir le moment où je m'habillerais. Personne ne m'avait prévenu qu'il me faudrait enfiler des habits neufs de la tête aux pieds : une cravate nouée serrée, des chaussures qui me serrent les orteils. Depuis longtemps je n'avais eu un besoin aussi fort de compter, et c'est ce que je fais.

À peine franchie la porte de la grande bâtisse, une nuée de mouettes se jettent sur moi. L'une d'entre elles m'attrape par la main, m'emmène dans une salle et m'installe face à un immense miroir entouré d'ampoules électriques allumées. J'essaie de replacer la scène dans la suite de la bande dessinée élaborée par maman : ce doit être la séance de maquillage. Pourvu qu'on ne colore pas mes cheveux comme ceux de Suzie ! Chaque fois que mon nez rencontre l'aisselle de la maquilleuse, je trouve qu'elle sent la respiration. Je voudrais vérifier avec maman si « respiration » est le mot exact. La voilà qui entre justement, mais je suis trop gêné pour lui demander devant le monde. Claire vient m'embrasser et son baiser reste sur ma joue. Les mouettes ne sont pas contentes, elles veulent l'effacer, mais je ne veux pas et personne ne réussit à me faire changer d'idée.

On nous emmène dans une salle pas très grande mais plutôt impressionnante avec tous ces fils qu'il faut enjamber, ces perches, ces projecteurs. Chacun doit prendre la place qui lui est assignée et je constate avec soulagement que la mienne est juste à côté de celle de maman. Mes pieds ne touchent pas le sol et je trouve qu'il fait très chaud sous l'éclairage. J'ai envie d'enlever ma petite veste sans manche, mais ma mère m'en empêche aussitôt. Une dame que je n'ai rencontrée qu'une fois et qui doit poser les questions vient s'asseoir près de Suzie. J'ai oublié le livre à la salle de maquillage et je veux aller le chercher. On ne veut pas que je me lève et, lorsque je proteste, une grosse voix derrière les caméras crie : « On ne bouge plus. »

Je découvre le livre dans les mains de maman et je suis rassuré. La lumière m'empêche de voir à qui appartient la grosse voix derrière la caméra et, au moment où je me penche pour mieux regarder, elle lance : « On s'assoit correctement. On ne balance pas les pieds. »

Deux jambes, des bras et une tête sortent de derrière le monstre noir et s'avancent vers nous. Je me fais tout petit dans le fauteuil. J'ai peur et je regarde maman. Elle doit avoir peur elle aussi, car elle tremble et perd toute sa couleur. Elle devient aussi blanche que son chemisier. Le géant progresse toujours dans notre direction et lorsqu'il arrive tout près, il dit :

— Bonjour, Claire.

Ma mère porte la main à sa bouche et, comme si elle ne savait plus parler, elle bredouille :

— Toi, ici ? Comment… Je ne savais pas que…

J'espère de toutes mes forces que maman n'a pas attrapé, comme moi, la dix phasie. Je

me sens soulagé lorsque les mots reviennent
dans sa bouche et qu'elle dit :

— Ça va très bien, comme tu vois. Je ne
savais pas que tu étais revenu au pays. Il y a
longtemps ?

Dans sa voix je crois déceler de la colère.

L'homme lui met la main sur l'épaule et lui
dit quelques mots. Elle ne répond pas. Ses yeux
lancent des éclairs. Elle semble très fâchée.
L'homme se tourne vers moi. Me regarde. Me
flatte la tête en disant :

— Salut, bonhomme.

Je répète sur le même ton que lui :

— Salut, bonhomme.

Je reprends ma place. Les mouettes se
jettent sur ma mère pour cacher le rouge qui
colore ses joues et, lorsque la grosse voix du
fond de la salle crie « On tourne », la main de
maman cherche la mienne et la serre très fort.
Elle relève la tête. La garde haute comme la
reine dans mon livre d'histoires. Il ne reste plus
de trace de la colère quand elle répond à la première question. Sa voix est douce quand elle
montre mes photos de bébé. Elle ne semble
plus vouloir s'arrêter de parler. Je ne lui connaissais pas autant de mots. Elle parle encore et
encore, des mille mots que je connais, des jeux
que nous faisons ensemble. De tous les progrès
que j'ai faits grâce à ces jeux. De Suzie. De l'ordinateur. Je ne comprends pas tout ce qu'elle
dit, mais je sais qu'elle parle de moi.

Je commence à être fatigué d'être assis et j'ai de plus en plus de difficulté à ne pas bouger. Je crains qu'on m'ait oublié. Je continue quand même de répéter dans ma tête mon nom et mon âge. Je bondis en entendant la dame me demander mon nom et, sans hésiter un instant, je me lève et dis d'un seul souffle : « Y s'appelle Félix ai six ans. »

Je me rassois. Je lis l'histoire du début à la fin sans perdre un mot et, une fois que j'ai terminé, tous les gens du studio m'applaudissent. Maman m'embrasse. J'oublie la chaleur, les caméras, j'oublie qu'il y a beaucoup de monde et que parfois je n'arrive pas à parler correctement. J'oublie tous les trains qui passaient dans ma tête et que je ne vois plus à présent. J'oublie tous les efforts pour apprendre à parler. Je saute au cou de maman et lui dis : « Merci, maman, tu sauves ma vie. »

Je me tourne vers Suzie et l'embrasse elle aussi en lui disant : « Merci, fourmis. »

Une fois de plus ma langue m'a joué un tour, mais qu'importe puisqu'elle a compris. Le géant de la caméra félicite maman et me passe la main dans les cheveux en disant : « Bravo, bonhomme. »

Suzie me propose d'aller manger une crème glacée chez McDonald. J'accepte avant qu'elle change d'idée. Nous partons, laissant maman et monsieur caméra parler ensemble.

Suzie fait la conversation toute seule : je suis trop occupé à déguster ma glace au chocolat. J'ai

la permission d'aller dans les jeux. D'abord gêné
dans mes mouvements par les vêtements neufs,
j'oublie très rapidement ce détail. Par ailleurs, je
ne pense plus ni aux fourmis, ni aux mots qu'il
faut chercher dans sa tête, je ne pense qu'à une
seule chose: m'amuser. Suzie le devine sans
doute, car elle me laisse jouer très longtemps.

Lorsqu'elle me ramène vers maman, le
monsieur est toujours là. En le regardant de
loin, j'ai une impression de déjà-vu. Sa voix
forte et puissante surtout réveille en moi des
souvenirs. Un sentiment désagréable m'envahit. Je tire sur le chemisier de ma mère, je la
supplie, je veux rentrer à la maison. Je suis si
fatigué que je ne vois pas le trajet du retour.

Claire est songeuse. Assise dans le fauteuil à
oreilles, ses yeux fixent le vide devant elle.
C'est comme ça depuis que nous sommes arrivés à la maison. Elle ne semble même pas
s'apercevoir que je m'assois sur les bras du fauteuil; d'habitude, elle ne me le permet pas. Je
joue dans les boucles de ses cheveux. Caresse
sa joue. Lui donne un baiser dans le cou.
Enroule mes bras autour de ses épaules. Je lui
dis, en souhaitant très fort que les petites fourmis choisissent pour moi les bons mots: « Félix
aime maman. »

Des larmes roulent de sa joue jusque dans
mon cou. Le nez dans le parfum de sa peau, je
ne sais quoi faire d'autre pour la consoler que
l'embrasser et la serrer encore plus fort.

Il faut beaucoup de temps avant que cessent les larmes.

— Bobo, maman ?

— Oui, Félix, bobo dans mon cœur.

« Bobo dans mon cœur. » Je laisse les fourmis se débrouiller avec ce message et, après un long moment, elles me retournent le souvenir du départ de Boule de poils, mon chien. Oui, cette fois-là, j'avais bobo dans mon cœur. Mais qui a pu faire de la peine à ma mère ? Je cherche, repasse au ralenti les principaux moments de la journée… Le géant ! C'est lui ! Je cours chercher du papier à dessin et trace un grand bonhomme. Une ligne sous le nez représente sa moustache.

— Lui bobo ?

— Oui.

— Lui pas gentil ?

— Ce n'est pas ça, Félix. C'est beaucoup plus compliqué…

Elle se met à parler sans pouvoir s'arrêter. Les mots déboulent de sa bouche comme s'ils avaient peur de rester prisonniers. Je ne comprends pas de quoi elle parle : d'un papa, d'un bébé… Je m'emmêle dans ses explications.

« Dessine, maman. »

Elle repousse le bloc que je lui présente, se lève et va chercher un album de photos. À la toute première page, un géant en costume de pingouin se tient à côté de maman. Je reconnais dans ce pingouin le monsieur à la caméra. Ma mère le montre du doigt en disant : « C'est ton papa, Félix. Ton papa. »

« Papa ». Les fourmis ne trouvent pas d'image pour m'expliquer ce mot et je n'ai pas envie de chercher plus longtemps.

•

L'été ramène, avec le soleil, les visites au parc et au zoo, et les petits voyages en camping. Je me sens bien. Suzie nous a offert la cassette de notre visite à la télévision et je la regarde souvent. Je suis fier de moi. Je connais de plus en plus de mots. Bien sûr, il m'est encore difficile de trouver ceux qui expriment correctement ce que je veux dire. Les mots continuent de me jouer des tours et le feront peut-être toujours. Les situations nouvelles me font encore peur. Il me faut beaucoup de temps pour m'y adapter. J'ai besoin qu'on m'explique encore et encore pour comprendre. Lorsqu'un mot m'échappe, maman trouve toujours le pont qui le ramène à moi. Je suis un petit garçon heureux. Le plus merveilleux, c'est qu'il ne passe plus de train dans ma tête. Il n'y a que des trous par où je m'évade lorsque tout devient trop compliqué ! Je me suis fait un ami. Il a lui aussi de la difficulté avec les mots, mais ce n'est pas grave, car je dessine pour lui des ponts qui l'aident à comprendre.

Ce matin, il pleut. Je ne sais que faire de ma journée. Suzie est partie en vacances. Le temps passe bien lentement. Aussi, lorsque Claire propose une sortie au centre commercial, je suis tout de suite emballé par l'idée. Non pas que j'adore les longs moments d'attente devant les cabines d'essayage, mais je suis prêt à n'importe quoi pour briser la platitude de la journée. Maman sort les vêtements que je dois porter et je m'habille en un temps record. Elle est sûrement moins pressée que moi, car elle perd un temps fou à se maquiller et à se coiffer. Quand enfin elle sort de la salle de bains, je dois avouer que ça en valait la peine. Je ne l'ai jamais trouvée aussi belle. Je la prends par la main et la conduit vers l'entrée. Elle a oublié son sac à main et retourne le chercher pendant que d'un geste impatient j'ouvre la porte. Je veux hurler lorsque je fonce sur le géant à la caméra, mais aucun son ne sort de ma gorge. Aussi surpris que moi, il garde son doigt collé sur la sonnette. Je lui referme la porte au nez et cours me cacher dans ma chambre. Adossé à la porte, j'entends leurs voix. Je ne sais comment rassembler les bouts de message pour qu'ils prennent un sens. Alors, mon imagination travaille. S'il fallait que… Supposons que… Mais peut-être que… Des questions naissent et tournent en rond dans ma tête : pourquoi est-il venu chez nous ? que nous veut-il ? Sa voix me fait peur et j'ai envie qu'il parte.

Il me semble à présent que ça fait des heures qu'il est là. J'ai les fesses endolories. N'en pouvant plus, j'entrouvre la porte de ma chambre. Il est toujours là, droit comme un pion dans l'embrasure de la porte. Comment est-il possible qu'ils aient tant de mots à dire ? Des millions de mots ont déjà fait l'aller-retour d'une bouche à l'autre. Il rit, elle sourit, puis, tout à coup, elle pleure. Il dit des mots, elle s'approche de lui. Il en dit d'autres, elle recule. Des mots, des mots et encore des mots. Je ne sais pas à quel jeu ils jouent, mais je n'ai plus peur. Je sais que maman prendra le temps de tout m'expliquer. Je referme la porte. Je prends sur ma table de nuit le livre que m'a offert Suzie avant de partir en vacances. Maman ne m'a pas encore raconté l'histoire, mais j'ai hâte de savoir s'il est vrai que les loups mettent des bonnets et des jaquettes pour dormir.

Épilogue

Aujourd'hui, j'ai trente-quatre ans. Une femme qui est dessinatrice. Deux enfants que j'aime et qui me le rendent bien. Je suis évaluateur municipal. J'ai une maison de brique dont le numéro de porte est le deux mille cent trente-trois. Banal ? Pas pour moi. C'est mille fois plus que tout ce que j'avais espéré.

J'ai une passion pour les chiffres, les livres, les visites au zoo et les fourmis. J'ai une sainte horreur des trains…

La vie ne m'a fait aucun cadeau. Ce que j'ai acquis, je l'ai gagné à coups de travail et d'efforts. Aujourd'hui encore, je cherche mes mots et ne les utilise pas toujours adéquatement. Lorsque les gens me parlent, je les devine plus que je ne les comprends.

Malgré tout, je me considère comme le plus choyé des hommes. Ma mère m'a aimé et a cru en moi. « Elle a sauvé ma vie. »

Postface

La communication est au cœur de la vie de tout être humain. C'est elle qui lui permet de créer, de développer, d'entretenir des relations et d'apprendre. Lorsqu'une personne, tel Félix, le héros de cette histoire pleine d'espoir, éprouve des difficultés à communiquer, c'est aussi toutes les personnes qui le côtoient qui vivent ces bris de communication.

L'auteure nous parle de la dysphasie avec réalisme et poésie : de la terreur qui fait place à l'espoir, de la joie qui voisine la colère, de la frustration apprivoisée par la réussite.

La dysphasie (aussi appelée restrictivement audimutité) est un trouble du langage. L'Ordre des orthophonistes et audiologistes du Québec définit ainsi la dysphasie sévère : « Dysphasie sévère : trouble sévère et persistant du développement du langage limitant de façon importante les interactions verbales, la socialisation et les apprentissages scolaires ». (*La dysphasie sévère*, mai 1996). Chez bon nombre d'enfants, le trouble spécifique est modéré ou léger et n'affecte pas les capacités de communiquer verbalement de façon aussi marquée.

Comme on le voit dans cette fiction, si près par ailleurs de la réalité, notre héros a des difficultés importantes de compréhension et d'expression verbales. Il est intelligent, s'intéresse aux personnes qu'il côtoie, à son environnement, exprime ses émotions, mais cherche désespérément à communiquer en utilisant des mots. Son trouble spécifique du langage fait qu'il craint plus que les autres enfants la nouveauté; le bouleversement de sa routine l'effraie: fera-t-il de nouveau face à un échec dans ses tentatives de communication? Les concepts, les idées, il les possède, mais les mots se déforment, sont absents.

«[…] ma tête est remplie de trous par où s'enfuient les mots…» (p. 74) dit Félix.

Les causes de la dysphasie sont encore méconnues. Une dysfonction cérébrale est sans doute présente chez plusieurs des personnes qui ont une dysphasie sévère, soit plus de 2% de la population.

«Puisque les mots sont si importants» (p. 107), on peut aider les enfants aux prises avec la dysphasie. Les orthophonistes, les spécialistes des troubles de la communication, ont la compétence nécessaire pour procéder à l'évaluation/diagnostic puis pour entreprendre la thérapie qui permettra d'améliorer la communication verbale et non verbale avec le concours des enfants dysphasiques, des parents, des éducateurs et des proches. Plus on agira tôt, avec tous les efforts nécessaires et pendant le temps qu'il faudra, plus l'espoir sera grand. En effet, avec l'aide appropriée, un enfant qui a une dysphasie saura développer son potentiel de communication verbale, à l'oral comme à l'écrit. Un jour, alors, il pourra évoluer plus normalement en société.

Pour de plus amples informations ou pour obtenir les coordonnées d'un orthophoniste, on peut communiquer avec l'Ordre des orthophonistes et audiologistes du Québec :

1265, rue Berri, bureau 730
Montréal (Québec) H2L 4X4
téléphone : (514) 282-9123
télécopieur : (514) 282-9541
courriel : info@ooaq.qc.ca
Site internet : http://www.ooaq.qc.ca

ou avec l'Association québécoise pour les enfants atteints d'audimutité/dysphasie :

Bureau provincial
216, av. Querbes, bureau 235
Outremont (Québec) H2V 3W2
téléphone : (514) 495-4118 (Montréal)
          1-800-495-4118 (extérieur)
télécopieur : (514) 495-8637
Site internet : http://www.aqea.qc.ca

Louis Beaulieu, MOA,
président,
Ordre des orthophonistes
et audiologistes du Québec

CPE
I. C.

DANGER

LE
PHOTOCOPILLAGE
TUE LE LIVRE

*Cet ouvrage
composé en Palatino corps 12
a été achevé d'imprimer
en mars mil neuf cent quatre-vingt-dix-neuf
sur les presses de
AGMV/Marquis,
Cap-Saint-Ignace (Québec).*